·一本书读完纯美的古典诗词·

人一生要读的

古典诗词

②

明 道 主编

团结出版社

九章

惜诵

【原文】

惜诵以致愍兮[①]，发愤以抒情。所非忠而言之兮[②]，指苍天以为正[③]。令五帝以枡中兮[④]，戒六神与向服[⑤]。俾山川以备御兮[⑥]，命咎繇使听直[⑦]。

【注释】

①惜：悼惜。诵：称述过去的事情。致：表达。愍(mǐn)：内心忧苦。②所：如果。非：一本作“作”，“作”是“非”的形近之误。“所”字下面用一个否定词，是古代誓词的习语。③正：同“证”。④五帝：即东方太皞，南方炎帝，西方少昊，北方颛顼，中央黄帝。枡中：判断。⑤戒：告。六神：六宗之神，即掌管日、月、星、水旱、四时、寒暑的神。与：义同“以”。向：对。服：罪。⑥俾：使。备：预备，陪伴。御：侍。备御：相当于陪审的意思。⑦咎繇(yáo)：即皋陶(yáo)，舜时的立法官，传说是法律的创始者。听直：听取是非曲直。以上是本篇的引子。

【译文】

我因为不喜欢歌功颂德而招惹困扰，我要发泄愤懑来抒写我的心情。如果怀疑我不是出于忠诚而言，我可以指着苍天请他为我作证。请五帝来评理作个公平的判断，请六神来对质我的罪状。使山川做证人当陪审，命皋陶来听取我的倾诉裁决曲直。

【原文】

竭忠诚以事君兮，反离群而赘疣[①]。忘儇媚以背众兮[②]，待明君其知之。言与行其可迹兮[③]，情与貌其不变。故相臣莫若君兮，所以证之不远[④]。吾谊先君而后身兮[⑤]，羌众人之所仇也。专惟君而无他兮[⑥]，又众兆之所雠也[⑦]。壹心而不豫兮，羌不可保也[⑧]。疾亲君而无他兮[⑨]，有招祸之道也。思君其莫我忠兮，忽亡身之贱贫[⑩]。事君而不贰兮，迷不知宠之门。

【注释】

①赘：多余。疣（yóu）：肉瘤。比喻为众人所不容，被看成累赘而受排挤。②忘："亡"的误字。儇（xuān）：轻佻。媚：谄

媚。③迹：脚印，引申为印证。④证：验证。不远：指君臣日夕相处。⑤谊：同“义”，正当高尚的行为，这里作动词用，是认为应当如何，即主张的意思。⑥惟：思。⑦兆：百万，或说万亿。众兆：指大多数的人。雠：同“仇”。⑧羌：发语词，楚方言。保：自保。⑨疾：急切，极力。无他：无他心。⑩“贱贫”可有两种解释：一、屈原时，屈氏这支王族已较疏远，或趋没落。二、“贱贫”是设想之词，忠言切谏可能遭到“贱贫”。

【译文】

我竭尽忠诚来侍奉君王，反遭排挤被人疏远并被看成累赘。我不会谄媚取巧违背众意，贤明君主能够体恤查知。言论行为都可以印证，内心外貌永远都不改变。观察了解臣子，非国君莫属，所以要验证我的忠贞不需要求远，凭证就在他眼前。我以为先报效国君再顾虑自身是本分，怎奈却招来众人仇恨。我一心念着君王而无其他杂念，可是又被众人视为仇敌。我一心为国没有过犹豫，不料却是自身难保。我极力想亲近国君并无他意，这又成了招惹祸患的因缘。忧虑国君不认为我是忠贞，竟然忘却了自己贫贱的出身。我侍奉国君从没有过二心，但我却迷惑不知那得宠的门径。

【原文】

忠何罪以遇罚兮，亦非余之所志[①]。行不群以巅越兮[②]，又众兆之所咍[③]。纷逢尤以离谤兮[④]，謇不可释[⑤]。情沉抑而不达兮，又蔽而莫之白。心郁邑余侘傺兮[⑥]，又莫察余之中情。固烦言不可结诒兮[⑦]，愿陈志而无

路[8]。退静默而莫余知兮，进号呼又莫吾闻。申侘傺之烦惑兮[9]，中闷瞀之忳忳[10]。

【注释】

①志：犹“知”，意料。②行不群：行为与群小不同。巅越：跌倒。③咍（hāi）：讥笑，楚方言。④纷：多貌。逢、离：都是遭遇的意思。尤：责怪。⑤謇（jiǎn）：发语词，楚方言。释：摆脱。⑥侘（chà）傺（chì）：失意的样子。⑦烦：多。结：缚。古人信写在竹木的简片上，用绳线缚结。诒：通“贻”，送。结诒：犹今“封寄”。⑧“路”字失韵，疑是“径”之误。⑨申：重重。⑩中：内心。瞀（mào）：烦乱。忳忳（tún）：烦闷的样子。

【译文】

忠诚有什么罪过啊，还要遭遇惩罚？这样的结果真不是我内心所能了解。我的行为不随俗而被人挤倒，又遭到众人的讥讽与嘲笑。我不断地遭遇怨恨攻击又被诽谤，摆脱不了又让我无法解释。真实的情感被压抑着而不能宣泄，又被众多的小人掩蔽而无法表白。我心情忧郁而失意彷徨，又没有人能够体察我心中之情。虽然有太多的言语却没有办法表达。希望向君主陈述心志却又苦于无路可通。只怕静默退隐无言就没人知道我内心的委屈，走上前大声呐喊呼号又没有人听信我的忠言。再度地失意使我困惑而且烦闷，我的内心充满了愁闷与忧伤。

【原文】

昔余梦登天兮，魂中道而无杭[1]。吾使厉神占之

兮[2]，曰："有志极而无旁"[3]。"终危独以离异兮？"曰："君可思而不可恃[4]。故众口其铄金兮[5]，初若是而逢殆[6]。惩于羹者而吹韲兮[7]，何不变此志也？欲释阶而登天兮[8]，犹有曩之态也[9]。众骇遽以离心兮，又何以为此伴也[11]！同极而异路兮[12]，又何以为此援也？晋申生之孝子兮，父信谗而不好[13]。行婞直而不豫兮，鲧功用而不就。"

【注释】

①中道：中途。杭：同"航"，摆渡的船。②厉神：大神，此指附在占梦者身上的神。③极：方向，目标。志极：志向。旁：帮助。④"曰"字疑在"终危独"句前，表示厉神对梦兆作进一步的阐述，犹今"又说"。⑤铄(shuò)：熔化。众口铄金：形容人言可畏。⑥初若是：自古以来就是这样。殆：危险。⑦惩：警戒。羹：汤。韲（jī）：切细的菜，是冷食品。被热羹烫过嘴的人，必定存了戒心，吃冷食品也先吹口气。比喻凡是吃过亏的人，遇事要分外小心。⑧释：放弃。阶：梯子。释阶登天，是比喻不依靠群小而要直接取信君王。⑨曩(nǎng)：以往，往昔。⑩骇遽：惊惶。⑪伴：同伴。这句的"伴"与下文的"援"字是"伴援"一词的拆用。"伴援"是叠韵联绵词。叠韵联绵词折作两个韵字，是古诗用韵的一种方式。"伴援"即"畔援"、"畔岸"、"畔涣"，是倔强、傲岸的意思。⑫同极：指屈原与群小共事君王。异路：屈原忠直，群小阿谀，所走的道路不同。⑬申生：春秋时晋献公的太子，献公听信后妻骊姬的谗言，申生被迫自杀。不好：指待申生不好。

【译文】

我曾经做梦自己登上天堂，灵魂走到中途忽然断了方向。于是我叫厉神给我占梦，他说："你虽有大志却得不到帮助。"我问："我是否终生孤独困苦跟众人合不到一起？"他说："思念国君却不可依靠他。人多口杂，足以使金子熔化，当初你就是因为这样才遭遇祸殃。被热汤烫了嘴巴连冷食也要吹气，你为什么不改变一下心意？如果你想登天却舍弃登天的阶梯。犹如以前的脾气恐还要遭遇祸殃。众人都惊骇遑遽不与你一心，又怎么会成为你的伙伴？虽然众人同侍一君，手段态度却都跟你不同，又怎么会得到他们的援助？晋国太子申生是怎样的孝子，父亲却听信谗言而不喜欢他。鲧的行为耿直坚决，治水的功夫因此白费而不能成功。"

【原文】

吾闻作忠以造怨兮，忽谓之过言①。九折臂而成医兮②，吾至今而知其信然③。矰弋机而在上兮④，罻罗张而在下⑤。设张辟以娱兮⑥，愿侧身而无所⑦。欲儃佪以干傺兮⑧，恐重患而离尤。欲高飞而远集兮⑨，君罔谓："女何之？"⑩欲横奔而失路兮，盖坚志而不忍。背膺牉以交痛兮⑪，心郁结而纡轸⑫。

【注释】

①忽：忽略，不介意。过言：言过其实的话。②"九折"句：可能是古代谚语，指积累经验，与"三折肱"同义。③信然：

真是这样。④矰(zēng)、弋(yì)：系着丝绳的两种短箭。机：发箭用的机括，此作动词用，发射。⑤罻(wèi)、罗：都是捕鸟的网。⑥张：与弧相似的弓。辟：捕鸟的工具。群小对君王讨好，实际上是对君王的包围陷害。⑦侧身：置身。⑧儃佪：徘徊不去。干：寻求。傺：际遇。⑨集：鸟息在树上，此作“止”解。⑩女：同“汝”。罔：诬罔。之：往。何之：到哪里去。⑪膺：胸。牉(pàn)：分裂。⑫纡(yū)轸(zhěn)：纡曲的隐痛。

【译文】

我曾听说尽忠之人定要招人怨妒，但此话我一直认为言过其实而不以为然。九折臂自己也能成为良医，现在我才相信此言不虚。天上暗藏待发之箭，地下有密布的罗网，设起弓箭罗网来蒙蔽国君，我愿侧身躲避灾祸却无处可藏。我徘徊留恋打算多逗留一会儿以寻求机遇，恐怕又会遭遇更大的灾祸。我打算远走高飞去往他乡，又担忧君王误会，问我：“你打算去往哪里？”我欲放弃正道而乱走吧，而我意志坚定不忍改变我的方向。前胸与后背分裂般地交替疼痛，心灵郁结，忧愁纠缠着我的心。

【原文】

梼木兰以矫蕙兮①，糳申椒以为粮②。播江离与滋菊兮，愿春日以为糗芳③。恐情质之不信兮④，故重著以自明⑤。矫兹媚以私处兮⑥，愿曾思而远身。

【注释】

①矫：揉碎。②糳（zuò）：舂。③糗（qiǔ）：干粮。④情质：指自己的真情，本质。不信：指不能取信于君王。⑤重著：一再表明。著：明。⑥矫：借作“挢”，举起。兹媚：指木兰、蕙等香草。私处：隐居独处。

【译文】

捣碎木兰掺杂着蕙草，用磨细的申椒充当食粮。播种香郁的江蓠和菊花，但愿到了春天可以做我的干粮。恐怕我的真情与品质不被君王信任，所以我要一再地申诉强调表白。我保持这些美德而私守独处，希望我深思熟虑后能远身以避祸。

涉 江

【原文】

余幼好此奇服兮，年既老而不衰。带长铗之陆离兮[①]，冠切云之崔嵬[②]。被明月兮珮宝璐[③]，世溷浊而莫余知兮。吾方高驰而不顾[④]，驾青虬兮骖白螭[⑤]。吾与重华游兮瑶之圃[⑥]，登昆仑兮食玉英[⑦]。与天地兮比寿，与日月兮齐光。哀南夷之莫吾知兮，旦余济乎江湘[⑧]。

【注释】

①铗：剑柄，此指剑。陆离：很长的样子。②冠：帽，此作动词用，戴。切云：当时一种高帽子的名字。《离骚》有“高余冠

之岌岌”的描写，这是屈原喜爱的形象。③明月：指夜明珠。璐：美玉名。珮：同“佩”。④方：才。顾：回头。⑤虬(qiú)：传说中无角的龙。骖(cān)：古代一车套四匹马，中间的马叫“服”，两旁的叫“骖”，这里作动词用，驾在两旁。螭(chī)：也是一种无角的龙。⑥重华：舜的名。瑶之圃：玉树的园圃。传说昆仑山产玉，是上帝的园圃所在。⑦英：花。“英”古音“央”，与下文“光”叶韵。玉英是指玉的精华。这里用以代表最精美的非人间的食品，象征最高尚的真理。⑧南夷：指屈原流放的楚国南部的土著。屈原作品里关于修饰奇服、与前圣同游的描写，都寓有不与楚国统治集团同流合污的意思。在现实生活中愈是受迫害，被孤立，他愈要在精神上表现得倔强、傲岸、目空一切。前面用高昂的调子，浪漫的彩笔，描写自己与楚国当权者的决绝，采用的是虚写手法，这两句才点破其实际内容，为下文的实写作过渡。

【译文】

我从小就喜欢这种奇伟的服饰，现在年纪虽然老了但是兴致仍没减退。腰间挂着长长的宝剑悠悠摆动，头上戴着高耸的切云帽，披挂着明月珠子佩戴着美玉，可叹这世道混浊没人了解我。我正想向高处奔驰而义无反顾，青龙驾车，白龙御套，我和重华畅游瑶园玉圃，登上昆仑山同食玉枝琼花。我与天地一样万寿无疆，我与日月同放光芒。哀痛在南夷这地方没有人能知道我，明早我就要渡过长江和湘水了。

【原文】

乘鄂渚而反顾兮①，欸秋冬之绪风②。步余马兮山皋，邸余车兮方林③。乘舲船余上沅兮④，齐吴榜而击汰⑤。船容与而不进兮，淹回水而凝滞⑥。朝发枉渚兮⑦，夕宿辰阳⑧。苟余心其端直兮，虽僻远之何伤！入溆浦余儃佪兮⑨，迷不知吾所如⑩。深林杳以冥冥兮，乃猨狖之所居⑪。

【注释】

①乘：登。鄂渚：地名，在今湖北武昌。②欸（āi）：哀叹。绪：余。③邸：同“抵”。方林：地名，大概在长江北岸。“方”有旁边的意思。④舲（líng）船：有门窗的小船。⑤齐：指动作整齐，这里作动词用，犹“并举”。吴：有二解，一、吴国；二、大。榜：船桨。汰：水波。⑥淹：淹留，停滞。回水：回旋的水。⑦枉渚：在今湖南常德市南。⑧辰阳：故城在今湖南。⑨溆（xù）浦：在今湖南。儃（chán）佪（huái）：徘徊，指心情的无所着落。到溆浦后，不知该向哪里去，踌躇一阵，大概就住下来了。⑩如：往。⑪狖（yòu）：黑色长尾猿。

【译文】

登上鄂渚回头遥望国都，慨叹秋冬的余风依然凌厉。我的马慢慢走过水边的高地，我的车在方林停留。乘着小船儿溯沅水而上，船夫们一齐摇桨击拍波浪。船慢腾腾地不肯行进，停留在回旋的水流中不前。早晨我从枉渚启程，傍晚就歇宿在辰阳。只要我的心是端直忠贞，即使偏僻荒远又有何妨。进入溆浦我觉得踌躇彷徨，迷惑中我不知要去向何方。茂密的树林幽深而昏暗，这本是猿猴所生息的地方。

【原文】

山峻高以蔽日兮，下幽晦以多雨。霰雪纷其无垠兮[①]，云霏霏而承宇[②]。哀吾生之无乐兮，幽独处乎山中。吾不能变心而从俗兮，故将愁苦而终穷。接舆髡首兮[③]，桑扈臝行[④]。忠不必用兮，贤不必以[⑤]。伍子逢殃兮，比干菹醢。与前世而皆然兮[⑥]，吾又何怨乎今之人！余将董道而不豫兮[⑦]，固将重昏而终身。

【注释】

①霰：雪珠。②承：连接。宇：屋檐。一说“宇”指天宇，阴云弥漫天空。③接舆：春秋时楚国的隐士、狂士。髡(kūn)：剃发，是古代的一种刑罚。传说接舆自己剃去头发，避世不出仕。这是对统治者坚决不合作的表示。④桑扈：古代隐士，就是《庄子·大宗师》里的子桑户，《论语》里的“子桑伯子”。臝(luǒ)：同“裸”字。桑扈裸体行走和接舆自髡一样，都是故意违抗世俗的表现。⑤以：又同“用”。⑥与：读作“举”，全部。⑦董：正。

【译文】

山峰高峻遮蔽了太阳，山脚下多雨而幽晦阴暗。雪花纷纷飘落无边无际，云雾弥漫在屋檐下集散。可叹我一生得不到快乐，幽居大山中寂寞孤独。我不能改变志向去顺从世俗，当然难免终身困苦，愁绪满怀而不得志。接舆剃发佯狂，桑扈脱衣裸体而行。忠良之人不一定被任用，贤能之人不一定被推荐。伍子胥遭遇祸殃，比干被剁成肉酱。前世就是这样，我又何必怨恨当今的人呢！我依然将遵守正道毫不犹豫，当然我将陷于黑暗而终身。

【原文】

乱曰：鸾鸟凤皇，日以远兮。燕雀乌鹊，巢堂坛兮[①]。露申辛夷[②]，死林薄兮[③]。腥臊并御[④]，芳不得薄兮[⑤]。阴阳易位，时不当兮。怀信侘傺[⑥]，忽乎吾将行兮。

【注释】

①堂：殿堂。坛：祭台。②露申：即瑞香花。辛夷：香木名，北方叫木笔，南方叫望春。③薄：草木交错。林薄：草木杂生的地方。④御：进用。⑤薄：靠近。⑥怀信，怀抱着忠信之心。

【译文】

尾声：鸾鸟、凤凰，一天天远去。燕雀、乌鹊，却在殿堂庭院里筑巢。露甲、辛夷，枯死在草木丛中。腥膻臊臭并用，芳香却不能够靠近。阴阳颠倒变换了方位，这时代混沌不明。满怀忠信却屡遭惆怅失意，我将飘然而远行。

哀　郢

【原文】

皇天之不纯命兮①，何百姓之震愆②？民离散而相失兮，方仲春而东迁③。去故乡而就远兮，遵江夏以流亡④。出国门而轸怀兮⑤，甲之鼂吾以行⑥。发郢都而去闾兮⑦，怊荒忽其焉极⑧？楫齐扬以容与兮，哀见君而不再得。

【注释】

①不纯命：天命失常。②震愆：犹动乱。震：震动。愆(qiān)：错乱。③方：正当于。仲春：夏历二月。④江夏：长江与夏水。古代的夏水在郢都附近的夏首（今湖荆州市）发源于长江后，与长江并列东流，到今仙桃市西北注入汉水，再东流至夏口（在今汉口），汇入长江。其河道夏天水满，冬天涸竭，故称夏水。今已改道。以：义同“而”，连词。⑤轸(zhěn)怀，沉痛的怀念。⑥甲：甲日。鼂：古同“朝”，早晨。⑦闾：里门，居住的地方。⑧荒忽：读作“恍惚”，心神无着。焉：何。极：尽头。

【译文】

天道真是反复无常，为何让百姓在动乱恐惧中遭罪？使人民流离失所妻离子散，正当仲春二月我被流放到东方。离别故

乡远走他方，沿着长江夏水我开始到处流亡。出了国门我内心沉痛忧伤，甲日的早晨我就要上路远行。从郢都出发离别故乡，悲伤惆怅不知哪里是尽头。齐举船桨船儿慢慢漂荡，我哀痛从此再也见不到君王。

【原文】

望长楸而太息兮①，涕淫淫其若霰。过夏首而西浮兮②，顾龙门而不见③。心婵媛而伤怀兮，眇不知其所蹠④。顺风波以从流兮，焉洋洋而为客⑤。凌阳侯之泛滥兮⑥，从翱翔之焉薄⑦？心絓结而不解兮⑧，思蹇产而不释⑨。将运舟而下浮兮⑩，上洞庭而下江⑪。去终古之所居兮⑫，今逍遥而来东⑬。

【注释】

①楸：一种干直高耸的乔木。长楸：指郢都的大楸树。②夏首：夏水发源于长江之处，在郢都东南。西浮：和“南渡”一样，

都是记述“过夏首”以后的转折方向。可是总的行程对郢都来说，则是由西向东的。所以下文又说“来东”和“西思”，叙述错综，而文意互现。③龙门：郢城东门。④眇：读作“渺”，前程渺茫。蹠(zhí)：踏。所蹠：驻足之地。⑤焉：乃。洋洋：漂泊无着的样子。⑥凌：乘。阳侯：大波之神，传说本是陵阳国之侯，因溺死而成神。此指大波。⑦焉：何，哪里。薄：到，止。⑧絓（guà)：牵挂。絓结：牵挂而内心郁结。⑨蹇(jiǎn)产：委屈，忧抑。⑩下浮：指沿长江东下。⑪上、下：指上下游。船到洞庭湖入江之处(在今湖南省岳阳附近)，再沿江东下，就背朝洞庭，面向长江。相对来说，洞庭湖处于上游，面前的这段长江处于下游。⑫终古：长期，古老。终古之所居，祖先世代所居住的地方，指郢都。⑬逍遥：原有无拘无束、优游自得之意，这里转为孤身一人飘荡的意思。

【译文】

遥望着高大的楸树我长长叹息，涕泪涟涟雪粒般纷纷而下坠落胸前。船经过夏水源头顺流漂向西方，回望都门却早已看不见。心内牵挂无限而怀念忧伤，前途一片渺茫不知该落脚在何方。顺着风随波漂荡，从此客居他乡。乘着阳侯泛滥肆流的波浪，忽然就像鸟儿翱翔般不知将停留在何方。心绪郁积而不能开解，思路纡曲不通难以释怀。我将调转船头顺流下游，先溯水上洞庭再转而进入长江。离开世代祖居的住所，而今漂泊着来到东方。

【原文】

羌灵魂之欲归兮，何须臾而忘反[①]！背夏浦而西思兮[②]，哀故都之日远。登大坟以远望兮[③]，聊以舒吾忧心。哀州土之平乐兮[④]，悲江介之遗风[⑤]。当陵阳之焉至兮[⑥]，淼南渡之焉如[⑦]？曾不知夏之为丘兮[⑧]，孰两东门之可芜？心不怡之长久兮，忧与愁其相接。惟郢路之辽远兮，江与夏之不可涉。忽若去不信兮[⑨]，至今九年而不复。惨郁郁而不通兮，蹇侘傺而含感[⑩]。

【注释】

①须臾：片刻。②夏浦：夏水之滨。夏水于夏口汇入长江，"背夏浦"，则船过夏口而东，离郢都更远。③坟：水中的高地。④州土：国土，此指楚国土地。古称天下有九州，楚占荆州、扬州的大部分。平乐：指土地宽平，人民生活富足。⑤介：侧，边。江介：江边，犹"水乡"。⑥当：面对。陵阳：一说是地名，在今安徽省东南，屈原曾到过这里。一说同上文"阳侯"，都是陵阳国侯的省称，指大波。译文取后说。⑦如：往。⑧夏：通"厦"，指郢都的王宫。丘：土丘，这里作废墟解。⑨忽：迅速。若：语气词。去：指被放逐而离开。不信：谓令人难信。⑩感(qī)：同"戚"，忧伤。

【译文】

但是我的灵魂总想回去，哪里能一时一刻忘记返回故乡！背对着夏浦而思念着西岸，故都离我日渐遥远叫人哀伤。我登上水边的高地举目远望，暂且以此来舒缓我忧愁的心怀。当我想起楚地的辽阔安康备感心酸，而想到江畔古老的淳朴风尚更让我悲伤。面对着陵阳的浩渺波涛不知将去向哪里，眼前渺茫无际不知将南渡到何方？不曾料想昔日宫阙成为丘墟，有谁知道郢都的两座东门是否也变得荒芜？内心的不快乐久久长长，忧愁与惆怅交织于心。回郢都的路途那样遥远，被长江和夏水分隔不可以渡航。倏忽间我都不敢相信已经离开郢都，到如今已有整整九年而依然不能返回故乡。我的内心凄惨忧郁而不舒畅，满面悲凉失意而充满忧伤。

【原文】

外承欢之汋约兮①，谌荏弱而难持②。忠湛湛而愿进兮③，妒被离而鄣之④。尧舜之抗行兮⑤，瞭杳杳而薄天⑥。众谗人之嫉妒兮，被以不慈之伪名⑦。憎愠惀之修美兮⑧，好夫人之忼慨⑨。众踥蹀而日进兮⑩，美超远而逾迈。

【注释】

①外：外表。承欢：对君王献媚邀宠。汋(chuò)约：同“绰约”，柔美的样子，指群小阿谀奉承时的媚态。②谌(chén)：真，诚恳实在。荏(rěn)弱：软弱无能。③湛湛：厚重的样子。④被：通“披”。被离：众多而杂乱的样子。鄣：同“障”，指造谣中伤，在君王面前造成障碍。⑤抗：借作“亢”，高。⑥瞭：光明的样子。杳杳(yǎo)：高远的样子。薄：至，及。⑦不慈：传说尧看自己的儿子丹朱不贤，把帝位传给舜；

舜看到自己的儿子商均不肖，把帝位传给禹。这正是值得歌颂的“抗行”。但古代有人指责他们对自己的儿子不慈爱。这句是说：像尧舜这样的人，还遭到毁谤，足见谗人惯于颠倒是非。⑧愠惀：忠心耿耿的样子。修：义同“美”。⑨好：爱。夫：语气助词。人：指佞臣。忼慨：同“慷慨”，此指表面积极、假意慷慨。⑩踥（qiè）蹀（dié）：轻步急走，此形容竞相钻营。

【译文】

群小谄媚奉承取悦君王，确实使内心软弱的君王难以自持。忠诚之人愿意进身为国效力，却被小人嫉妒而障蔽刁难。唐尧虞舜品德高尚，德行高远可达九天云霄。那些谗言小人心生嫉妒，竟给他们冠以“不慈”之伪名。楚王厌恶不会歌功颂德的忠良之人，却喜好奸佞小人表面上的慷慨激昂。小人竞相投机钻营而日益显进，忠贤之臣却被渐渐疏远。

【原文】

乱曰：曼余目以流观兮[①]，冀壹反之何时[②]？鸟飞反故乡兮，狐死必首丘。信非吾罪而弃逐兮[③]，何日夜而忘之！

【注释】

①曼：本义长，这里是伸展的意思。②冀：希望。③信：诚然，的确。

【译文】

尾声：我纵目四下观望，不知何时能返回故乡一次以偿愿望。高飞的鸟儿倦了也要返回故乡，狐狸死时必定把头朝向狐穴所在的山坡。实在不是因为我的罪过被放逐他乡，无论白天黑夜我怎能把这样的冤屈淡忘！

抽思

【原文】

心郁郁之忧思兮，独永叹乎增伤[①]。思蹇产之不释兮[②]，曼遭夜之方长[③]。悲秋风之动容兮[④]，何回极之浮浮[⑤]！数惟荪之多怒兮[⑥]，伤余心之慢慢[⑦]！愿摇起而横奔兮[⑧]，览民尤以自镇[⑨]。结微情以陈词兮[⑩]，矫以遗夫美人[⑪]。

【注释】

①永：不停地。乎：《文选》司马相如《长门赋》注、张衡《四愁诗》注并引作“而”。②蹇产：曲折纠缠。③曼：长的样子。④动容：此指秋风使草木变色，喻下文“荪之多怒”。⑤回极：指风的动态。回：回旋。极：至也。是说秋风回旋而至。也有人认为，“回”是“四”字之误。“四极”是四方的极边，此指四极之内，犹“天下”。⑥数(shuò)：多次。惟：思。荪：香草名，这里比喻怀王。⑦慢慢(yōu)：忧伤，悲痛的样子。⑧摇起：急起。⑨览：看。尤：同“疣”，病痛。自镇：强自镇静。⑩微情：微末的心意，是自谦之词，犹“私衷”。陈词：指作《抽思》。⑪矫：举。遗(wèi)：赠。美人：喻怀王。

【译文】

心情郁闷万分忧虑，孤自咏叹更添哀伤。思绪郁结不能释怀，怎奈长夜漫漫何其长。悲叹秋风催草木，万物萧条，为何天地运转如此无常！您容易急躁喜怒无常，使我的心无限愁伤。我想索性放腿狂奔，看到百姓受难又镇定下来。我把这份被忽略的衷情写成辞章，希望把它献给君王。

【原文】

昔君与我成言兮，曰黄昏以为期。羌中道而回畔兮，反既有此他志①！憍吾以其美好兮，览余以其修姱②。与余言而不信兮，盖为余而造怒③。愿承间而自察兮④，心震悼而不敢⑤。悲夷犹而冀进兮⑥，心怛伤之憺憺⑦。兹历情以陈辞兮⑧，荪详聋而不闻⑨。固切人之不媚兮⑩，众果以我为患⑪。

【注释】

①“昔君”四句：以男女婚约喻君臣关系，说楚怀王轻诺寡信，屡次变心。黄昏：喻年老。或说古代婚礼在黄昏举行，故云。期：约。畔：古同“叛”。回畔：背叛，反悔。②憍：同“骄”。览：炫示。其：两句都指怀王。修姱（kuā）：美好。③盖：音义同“盍（hé）”，一本直作“盍”，何。造怒：寻衅生怒。④承间：找机会。间：同“闲”，间隙。自察，自我表白。⑤震悼：战栗，恐惧。⑥冀：希望。⑦怛（dá）：悲痛。憺憺（dàn）：心情动荡不安。⑧历：列举。兹：此。⑨详：同“佯”（yáng），假装。⑩切

人：切直的人。一说应作“切言”，直言。⑪果：果然。

【译文】

您曾经跟我约定，我们以黄昏为佳期。哪料您在中途又变卦了，反而已经有了其他的心意。向我夸耀您的美好，向我炫耀您的窈窕。您对我说过的话却不守信诺，反而无故对我发怒。本想乘着您空闲时再表白，但是心里害怕又不敢启齿。我踌躇、悲伤又想表达，可怜我的心情悲痛又不安。于是把我的真情来诉说，您却假装耳聋不肯倾听。本来刚直的人不会献媚，小人们果然以我为祸患。

【原文】

初吾所陈之耿著兮①，岂至今其庸亡②？何独乐斯之謇謇兮③，愿荪美之可光④！望三五以为像兮⑤，指彭咸以为仪⑥。夫何极而不至兮⑦，故远闻而难亏。善不由外来兮，名不可以虚作。孰无施而有报兮⑧，孰不实而有获⑨？

【注释】

①耿：明亮。著：明显。②庸：遽，就。亡：通“忘”。③乐(yào) 斯：喜欢这样。謇謇(jiǎn)：忠贞直言的样子。④美：美德。光：发扬光大。⑤三五：即三王五伯。三王即《离骚》“昔三后”，指夏禹、商汤、周文王。五伯即春秋五霸，先秦时均指齐桓公、晋文公、楚庄王、吴阖闾、越勾践。像：榜样。⑥仪：法则。⑦极：目标。⑧施：施舍。⑨实：果实，此作动词用，结

出果实。

【译文】

当初我的陈述都是耿直而显著的，难道如今都已经淡忘？为什么只有我喜欢直谏，只希望您的美德更加发扬。仰望三皇五帝作为榜样，直指彭咸以为模范。不会有什么目标达不到，所以名声只增不减得以天下扬。优秀的品德要靠自己修养，美好的名声要与实际相符不会凭空得到。哪有不付出而得到回报？哪有不播种就会有收获？

【原文】

少歌曰[①]：与美人抽怨兮，并日夜而无正[②]。憍吾以其美好兮[③]，敖朕辞而不听[④]。

【注释】

①少歌：乐章音节之名。“少歌”在楚辞中仅见于本篇。这一节“少歌”，是前面内容的小结。“少”一作“小”。②正：同“证”。③憍：同“骄”。④敖：同“傲”。这两句是说怀王自恃他的才能，傲慢而不听作者的话。

【译文】

少歌：我向您剖心以表达心意，日日夜夜都没人为我评理。您只是骄傲地向我显示美好，轻蔑地不肯听信我的陈辞。

【原文】

倡曰[①]：有鸟自南兮[②]，来集汉北[③]。好姱佳丽兮，

牉独处此异域[4]。既惸独而不群兮[5]，又无良媒在其侧。道卓远而日忘兮[6]，愿自申而不得。望北山而流涕兮[7]，临流水而太息。望孟夏之短夜兮[8]，何晦明之若岁[9]！惟郢路之辽远兮[10]，魂一夕而九逝。曾不知路之曲直兮[11]，南指月与列星。愿径逝而未得兮[12]，魂识路之营营[13]。何灵魂之信直兮[14]，人之心不与吾心同。理弱而媒不通兮[15]，尚不知余之从容[16]。

【注释】

①倡：同“唱”。始发歌叫作“倡”，是另外唱起的意思。《抽思》可分两大部分，“倡曰”是下半篇的开始，“倡曰”以下，是独处汉北时的心情。②鸟：作者自喻。南，指郢都。③集：鸟栖息在树上。汉北：今湖北省襄阳市附近地区。④牉：本指一物中分为二，此指分离。⑤惸(qióng)：字同“茕”，孤独。⑥卓：当从一本作“逴”(chuò)，与“远”同义。⑦北山：即郢都北十里的纪山。还有一说为南山，则系泛指远望中的南方的山。⑧孟夏：夏历四月。可知本诗作于“孟夏”。篇首“秋风动容”是比喻怀王易怒，与写诗和作者来汉北的时间都无关。⑨晦明：从天黑到天亮，即一夜。⑩惟：发语词。⑪曾不知：不曾知。⑫径逝：径直而去。⑬识路：识别道路。营营：忙忙碌碌。⑭信直：老实正直，指自己坚定而专一的眷念君国之情。⑮理：使者。⑯从容：舒缓的样子。此指心地磊落，胸怀宽舒。

【译文】

唱道：有鸟儿从南方飞来，栖息在汉水之北。外貌十分美丽，为何独处异乡。既孤独又不合群，又没有良媒在身旁。道路遥远而被日渐淡忘，想要自己表明而又无法实现。遥望北山而流下眼泪，面对着流水而独自叹息。睁眼凝望孟夏之短夜，为什么黑夜到天明如同一年般久长？去往郢都的路途虽然遥远，但是魂魄一夜之间可以九次往返。我不在乎道路是曲是直，只顾南行以月亮和星星来辨别方向。想一直回去但又不可能，只有灵魂认得路途往复穿行。为什么我的灵魂如此忠诚端直，别人的心却与我心不同。媒人低俗不能为我表达心意，尚不知道我只是表面从容。

【原文】

乱曰：长濑湍流①，泝江潭兮②。狂顾南行③，聊以娱心兮。轸石崴嵬④，蹇吾愿兮⑤。超回志度⑥，行隐进兮⑦。低佪夷犹⑧，宿北姑兮⑨。烦冤瞀容⑩，实沛徂兮⑪。愁叹苦神，灵遥思兮。路远处幽，又无行媒兮。道思作颂⑫，聊以自救兮⑬。忧心不遂，斯言谁告兮？

【注释】

①濑（lài）：浅滩上的流水。②泝（sù）：同“溯”，逆流而上。潭：深渊，楚方言。泝江潭：以逆水行舟比喻返郢之难。“江潭”泛指江河，不是专指汉水。作为专门名词的“江”，古指长江，非指汉水。汉水南流，与下句“南行”同向，不能称“泝”。屈赋乱

辞通例，都是总结篇意，而不是记载某一段实际的生活历程。本篇乱辞的“泝江潭”，是以比喻来总结全篇，并非纪实。③狂：形容强烈急切的心情。顾：瞻望。④轸(zhěn)：弯曲。轸石：扭曲的怪石。崴(wēi)嵬(wéi)：高耸不平的样子。⑤蹇：阻碍。愿：指“南行”的愿望。⑥超：超越，谓强渡过去，南下郢都。回：指回汉北。志度：犹考虑。度：揣度。“超回志度”是倒装句，当作“志度超回”解，即考虑南下还是北回。⑦行：南行。隐：退隐汉北。“行隐”义同“超回”。“进”字失韵，义亦难通，郭沫若校作“难”，字形之误。⑧低佪：徘徊。夷犹：犹豫。⑨北姑：地名，所在未详。可能是杜撰，如“泝江潭”不是记载实际行程一样。⑩瞀(mào)：乱。瞀容：瞀形于色，犹愁容苦貌。⑪实：实在由于。沛徂：颠沛流离。沛：颠沛。徂(cú)：行。⑫道：述。道思：且行且思。颂：诗歌，指本篇。⑬救：解脱。

【译文】

尾声：浅滩急流，我溯江而上至江潭。我频频回望而往南方，姑且以此聊慰愁肠。两岸怪石高耸不同，如同我不可逆转的志向。回想往日的志向行为，虽然行进内心却很悲伤。我徘徊犹疑，歇宿在北姑。我心烦意乱面容憔悴，真想顺流沛然而往。我叹息忧伤精神苦闷，灵魂却遥思着故乡。路遥遥所处偏远，又没有媒人代为倾诉。在道路上写下如此篇章，暂且聊以解心中愁肠。可是我的忧愁依然难解，这些话语又有谁可以告诉？

怀 沙

【原文】

滔滔孟夏兮[1]，草木莽莽[2]。伤怀永哀兮，汩徂南土[3]。眴兮杳杳[4]，孔静幽默[5]。郁结纡轸兮[6]，离慜而长鞠[7]。抚情效志兮，冤屈而自抑。

【注释】

①滔滔：一说是和暖，阳气舒发的样子。一说是滔滔不绝的意思，形容夏季昼长。②莽莽：草木丛生的样子。③汩（gǔ）：流水快的样子。徂：行。南土：《涉江》记载屈原已流放到湘西的辰阳、溆浦，这些地方与长沙一带，是楚国的南疆。④眴（shùn）：字同“瞬”，看。杳杳（yǎo）：深远而无所见的样子。⑤孔：很。一说同“空”。幽、默：都是静寂无声的意思。⑥纡：委屈。轸：悲痛。⑦离：借作“罹”，遭遇。慜（mǐn）：同“愍”，忧患。鞠：窘困。

【译文】

初夏时节阳气舒发，百草万木生长茂盛。我心怀无尽的忧伤思念与叹息，疾速地往南方而行。举目四望眼前一片苍茫，原野肃然无声幽深静谧。内心抑郁忧伤，遭受忧患而穷困已久。我安抚心情评析自己的志向，即使遭受委屈也要压抑自己。

【原文】

刓方以为圜兮①，常度未替。易初本迪兮②，君子所鄙。章画志墨兮③，前图未改④。内厚质正兮，大人所盛。巧倕不斵兮⑤，孰察其拨正⑥。玄文处幽兮⑦，矇瞍谓之不章⑧。离娄微睇兮⑨，瞽以为无明⑩。变白以为黑兮，倒上以为下。凤皇在笯兮⑪，鸡鹜翔舞⑫。同糅玉石兮，一槩而相量⑬。夫惟党人之鄙固兮⑭，羌不知余之所臧⑮。

【注释】

①刓（wán）：削。圜：同“圆”。②易初：改变初志，变易初心。本：是“卞”的误字。“卞”古通“变”。迪：古通“道”。本迪：改变常道。易初、卞迪是同义并列。③章：明确。画：规划。志：牢记。墨：绳墨，比喻法度。④前图：初志。⑤倕：人名，传说是尧时的巧匠。斵（zhuó）：同“斫”，砍。⑥拨：弯曲。拨正：即“扶拨以为正”，使弯曲的东西成为正直的。这是说巧匠不动斧头，曲直就没有标准，用以比喻正人不在朝列，则是非无

法分清。⑦玄：黑色。文：同“纹”。⑧矇瞍(sǒu)：瞎子。有眼珠而看不见叫矇，没有眼珠叫瞍。⑨离娄：一作“离朱”。传说是黄帝时人，能于百步之外见秋毫之末，黄帝失掉玄珠，他给找回。睇：微视，楚方言。⑩瞽：瞎子。⑪笯：竹笼，楚方言。⑫鹜：鸭。⑬槩：字同“概”，平斗斛的横木。⑭夫、惟：都是语气助词。鄙固：鄙陋，顽固。⑮臧：善。一说“臧”同“藏”，指藏在胸中的抱负。

【译文】

本想把方木削圆，寻常法度却不能废弃。想改变初志追随流俗，却又是有志之士所看不起的。我的志向就像清晰的规划与绳墨，依照原有的规矩而不变易。内心忠厚本质端正，此正是为君子所赞美。巧匠倕如果不动斧头，谁又能知他所砍是正是曲？把黑色的纹饰放在幽暗的地方，瞎子会说它不明显。离娄微眯着眼睛，瞎子会说他也是目盲。把白说成黑，把上颠倒为下。凤凰被关进笼里，鸡鸭却盘旋飞翔。把美玉和石头杂糅在一起，会认为它们相同而一样衡量。想到小人结党是多么卑鄙顽固，却都不知我的高尚善良。

【原文】

任重载盛兮，陷滞而不济[1]。怀瑾握瑜兮，穷不知所示[2]。邑犬之群吠兮，吠所怪也。非俊疑杰兮，固庸态也。文质疏内兮[3]，众不知余之异采。材朴委积兮[4]，莫知余之所有[5]。重仁袭义兮，谨厚以为丰[6]。重华不可遻兮[7]，孰知余之从容。古固有不并兮[8]，岂知其何故。

汤禹久远兮，邈而不可慕。惩连改忿兮[9]，抑心而自强。离慜而不迁兮，愿志之有像[10]。进路北次兮[11]，日昧昧其将暮。舒忧娱哀兮，限之以大故[12]。

【注释】

①陷：陷没。滞：沉滞。不济：不中用。②穷不知：完全不知道。穷：尽，形容“不知”。示：拿给人看。③文：外表。质：实质。疏：朴素。内：同“讷”，木讷，不善辞令。④材：有用的木料。朴：未加工的木料。委积：丢在一旁堆积着。⑤所有：指上句的“材朴”。自己有“材朴”的作用，却不为人知。⑥重、袭：都是重复、积累的意思。厚、丰，都是充实的意思。这两句说，自己从来都重视品德的锻炼，日积月累，坚持不懈，不断以仁义充实自己。⑦遌：同“迕”，遇。⑧古固有：自古就有。不并：明君与贤臣生不同时。这句意同《涉江》“伍予逢殃兮，比干菹醢。与前世而皆然兮，吾又何怨乎今之人”。⑨惩：戒。连：《史记》引作“违”。“违”与“愇”同，怨恨。“惩愇”与“改忿”对文，谓克制自己的恨忿，即下句“抑心”、上文“自抑”之意。⑩像：榜样。⑪次：停息，休止。⑫限：极限。之：代词，指上句的“忧”“哀”。大故：死亡。把“忧”“哀”限在死亡以前，即要死得从容，不把生前的哀忧带到死后。

【译文】

我能肩负重责担当大任，却被阻滞无法大展抱负。虽然怀抱美玉手拿珍宝，却穷困得不知向谁表示。村里的狗成群地狂叫，对着它们认为怪异的事情而叫。非议才俊猜疑豪杰，本就是庸人们的惯常手段。我朴实木讷不善于表达，谁都不知道我出众的才华。如积累的丰富的可用材料，却没有人知道这是我拥有的财富。我重仁重义积累才能，加强修养以敦厚为富足。重华已不能再相逢，谁又能知道我忠诚不变的气度。自古以来圣君贤臣生不同时，这到底是什么缘故？商汤和夏禹早已远离，遥远的连思慕都不现实。我抑制着心中的怨恨与愤怒，克制内心的情绪让自己变得坚强。虽然我遭受困苦忧患也不改变，只希望能为后世留下榜样。我顺着道路前进到达北方，太阳将落已近黄昏。姑且吐出我的哀愁苦中作乐，人生最终都要走向死亡。

【原文】

乱曰：浩浩沅湘，分流汩兮。修路幽蔽，道远忽兮。怀质抱情，独无匹兮[①]。伯乐既没，骥焉程兮[②]。万民之生[③]，各有所错兮[④]。定心广志，余何畏惧兮！曾伤爰哀，永叹喟兮。世溷浊莫吾知，人心不可谓兮[⑤]。知死不可让，愿勿爱兮[⑥]。明告君子[⑦]，吾将以为类兮[⑧]。

【注释】

①匹：伴侣。还有一说认为是“正”字之误，同“证”，也可通。②伯乐：即孙阳，春秋时人，以善相马受秦缪公赏识。程：衡量，品评。③万民之生：一作“民生禀命”。禀命，禀受天命。④错：同“措”，安排。⑤“曾伤”四句：朱熹以为应该提到“怀质抱情”句之上，文意通惯。曾：借作“增”，多次。爰：无休无止。喟(kuì)：叹气。⑥爱：吝惜。勿爱：指为了成仁取义，不吝啬自己的生命。⑦明告：公开告诉。君子：泛指懂道理的人。

⑧类：即“类别”之类，指与“君子”同类。一说“类”作“榜样”解，就是自己也将和志士仁人一样，把舍生取义付诸实践。

【译文】

尾声：浩荡的沅水湘江，流水汩汩波浪翻滚。道路漫长阴晦隐蔽，路途遥远无法预计。我胸怀质朴的真情，竟然孤独没有可以相伴的人。既然没有伯乐，谁又能识得千里马？民生百姓各有天命，但是都会各有安排。只要平心静气志向宽广，我又有什么可畏惧的？痛苦的哀伤无止无休，唯有深深地叹息。世道混浊污秽无人了解我，人心叵测又不可劝说。既然知道死亡已不可回避，我又何必爱惜身体。明白地告诉君子与前贤，将以我的忠义气节作为世人的典范！

思美人

【原文】

思美人兮，揽涕而竚眙[①]。媒绝路阻兮，言不可结而诒[②]。蹇蹇之烦冤兮[③]，陷滞而不发[④]。申旦以舒中情兮[⑤]，志沉菀而莫达[⑥]。愿寄言于浮云兮，遇丰隆而不将[⑦]。因归鸟而致辞兮[⑧]，羌迅高而难当[⑨]。

【注释】

①揽：收。竚：久站。眙（chì）：瞪着眼。②结而诒：犹今“封寄”。③蹇蹇：同“謇謇”，忠贞直言的样子。④陷滞：郁结。

发：指发轫，开车前进。⑤申旦：申明。申：重复，一次次。“申旦”即再三表白。⑥菀（yù）：读作“郁”。沉菀：沉闷而郁结。⑦丰隆：云神名。将：送。⑧因：依，凭。归鸟：鸿雁。⑨当：值，遇。

【译文】

思念着我心爱的人，揩干眼泪久立凝望。没有媒人而道远路遥，心中的话不知怎样向你表达。我忠贞一片却屡遭蒙冤，阻塞陷滞我无处发泄。日日夜夜都想表达我的情怀，然而心志沉郁压抑而难以表达。想请浮云为我传话，然而云神丰隆却不肯帮我传达。想托鸿雁为我传信，但是它飞得太快太高而难相遇。

【原文】

高辛之灵盛兮，遭玄鸟而致诒①。欲变节以从俗兮，媿易初而屈志②。独历年而离愍兮，羌冯心犹未化③。宁隐闵而寿考兮④，何变易之可为！知前辙之不遂兮⑤，未改此度。车既覆而马颠兮，蹇独怀此异路⑥。勒骐骥而更驾兮，造父为我操之⑦。迁逡次而勿驱兮⑧，聊

假日以须时⑨。指嶓冢之西隈兮⑩，与纁黄以为期⑪。

【注释】

①高辛：即帝喾（kù）。灵：美。玄鸟：燕子。诒（yí）：通“贻”，赠。此作名词用，聘物。②媿：同“愧”。易初：改变初衷。屈志：屈辱本志。③羌：发语词，楚方言。冯心：同“凭心”，愤懑的心情。化：消。④隐：忍。闵：忧。寿考：老死。⑤辙：车轮滚过的迹印。前辙：指前途。遂：顺利。⑥蹇：发语词。异路：另外的一条道路。强秦的崛起，对于当时的楚国而言，和既不可，战亦不能。所谓异路，就是下文说的发愤图强，待时而动。⑦造父：周穆王时的善御者。操之：指执辔。⑧迁逡次：缓行前进。迁：前进。逡次：逡巡，徘徊游移。⑨假：借。假日：借些日子，费些日子。须：等待。这是说要报仇雪耻必须做好充分准备，不能急于事功。⑩嶓（bō）冢（zhǒng）：山名，又称兑山。在今甘肃天水和礼县之间，在汉水源头西北数百里，是漾水的发源地，古人误以为是汉水发源地。隈（wēi）：山边。⑪纁黄：即黄昏。纁：借作“曛”，一本正作“曛”，落日的余晖。嶓冢在西北，是日落方向，这句以日落喻寿终。以上两句意谓终久必然达到这个目的。又因嶓冢一带是秦的最初封地，也有人说这两句是“直捣黄龙”的意思。

【译文】

难比帝喾高辛神灵盛明，能遇到燕子而得到厚礼。想要改变气节而追从流俗，然而改变初衷有违志向又感觉耻辱。多年来孤独地遭受着祸患，可是我心中的愤懑却丝毫不减。我宁可隐忍含恨到老，也不改变我的信念！我明知以前的道路行不通，我依然不能改变志节。尽管车子倾覆马翻倒，我依然独自走这不同世俗的道路。我勒着骐骥更换车驾，请造父为我驾马。逡巡缓行不必驱驰，姑且假以时日等待另一个时机。我指着嶓冢山的西边，约定在黄昏时分。

【原文】

开春发岁兮①，白日出之悠悠②。吾将荡志而愉乐兮，遵江夏以娱忧③。揽大薄之芳茝兮④，搴长洲之宿莽⑤。惜吾不及古之人兮，吾谁与玩此芳草。解萹薄与杂菜兮⑥，备以为交佩⑦。佩缤纷以缭转兮⑧，遂萎绝而离异⑨。吾且儃佪以娱忧兮⑩，观南人之变态⑪。窃快在其中心兮⑫，扬厥凭而不竢⑬。芳与泽其杂糅兮⑭，羌芳华自中出⑮。纷郁郁其远烝兮，满内而外扬。情与质信可保兮⑯，羌居蔽而闻章⑰。

【注释】

①开：开始。发：发端。②悠悠：舒缓的样子。初春夜长，太阳迟出，故云。③江夏：长江、夏水。夏水，古河名，连接长江、汉水，今已改道。④揽：采摘。薄：草木丛。芳茝(chǎi)：即白芷，香草名。⑤搴(qiān)：拔取，楚方言。宿莽：即卷施草，楚方言。宿莽经冬不枯。⑥解：采。萹(biān)：萹蓄，一名萹竹，蓼科，不香，短茎白花。薄：读作“薄”，花朵。⑦备以：聊以，暂且。交佩：左右佩。⑧缭转：互相缠绕。⑨离异：言其不为人所佩用。⑩儃佪：徘徊。⑪南人：指郢都的党人，就是

《涉江》所说的“南夷”。变态：一种出乎情理以外不正常的态度。⑫窃快：暗喜，隐藏而不敢公开的欢快。中心：心中。⑬扬：外露。凭：怒。竢（sì）：同“俟”，待。不竢，这里是无所顾虑的意思，即尽情逞怒。以上两句写“南人”的异状。⑭泽：芳之反，即臭，详见《离骚》“芳与泽其杂糅兮”注。⑮闻一多《楚辞校补》：“案出字不入韵。疑此二句上或下脱二句。”⑯可保：可靠。⑰居蔽：指被逐在野。闻：名声。章：同“彰”，明。

【译文】

新春来到新的一年开始了，太阳悠然从容地升起。我将放开胸怀纵情欢乐，沿着长江夏水排忧解烦。于草丛间摘一朵芳芷，在沙洲上采一把宿莽。可叹我没与古人生在同时，我与谁共赏如此芳草。拔下萹蓄与杂菜，做成佩饰左右佩戴。佩饰缤纷环绕左右，最终仍然枯萎而凋落。我暂且徘徊逍遥以解忧烦，观看南人特别的状态。心中暗暗地感到欣喜，发泄愤懑的时机已经到来。虽然芳香与污秽混合在一起，却总有芳华自内心而出。馥郁的芳香向远处传播，内部充实而洋溢在外。真诚的情感美好的本质忠实可信，虽处偏僻依然声名显著。

【原文】

令薜荔以为理兮[①]，惮举趾而缘木。因芙蓉以为媒兮[②]，惮褰裳而濡足[③]。登高吾不说兮[④]，入下吾不能。固朕形之不服兮[⑤]，然容与而狐疑[⑥]。广遂前画兮[⑦]，未改此度也。命则处幽吾将罢兮，愿及白日之未暮[⑧]。独茕茕而南行兮[⑨]，思彭咸之故也。

【注释】

①薜荔：香草名，蔓生灌木，也称木莲，缘木而生。理：使者，媒人。②芙蓉：荷花。③褰(qiān)裳：把衣裳提起来。濡(rú)：沾湿。④说：同“悦”。⑤朕：我。形：指形于外的一个人的作风。朕形：犹今“我这个人”。服：习惯。⑥然：乃。容与：徘徊不进的样子。狐疑：犹豫。⑦广遂：多方求实。前画：从前的计划，指前面所说的任用贤才，发愤图强的策划。⑧“命则”二句：包含两层转折的意思。“愿及白日之未暮”是说自己愿意抓紧时间，“广遂前画”；而“命则处幽”则道出了客观现实的遭遇，“吾将罢兮”是说自己屡经打击，生命中已有没落的预感。命则处幽：生命已处在将暮阶段，“则”是语词。⑨茕茕(qióng)：孤单的样子。

【译文】

想请薜荔为媒与我说合，又不敢举趾而爬树。想托芙蓉替我说媒，又怕卷起衣裳而弄湿了足踝。我不喜欢登高爬远，也不能往低处走。本来以我的个性对这些就不习惯，所以我犹豫徘徊心内不安。还是完全依照着以前的方法，始终不要改变这种态度。命该我受难而我也已经疲倦，但愿在日落之前，我孤独一人走向南边，只因我依然思念着彭咸。

惜往日

【原文】

惜往日之曾信兮，受命诏以昭诗[①]。奉先功以照下兮[②]，明法度之嫌疑。国富强而法立兮，属贞臣而日娭[③]。秘密事之载心兮[④]，虽过失犹弗治。心纯庬而不泄兮[⑤]，遭谗人而嫉之。君含怒而待臣兮，不清澄其然否[⑥]。

【注释】

①命诏：诏令，君王对臣民颁发的号令。诗：朱熹据别本改作“时”。②照：读作“昭”，昭示，教育。下：下民。③属(zhǔ)：托付。贞臣：忠贞之臣，作者自称。娭：同“嬉”，游玩，玩乐。④载心：放在我的心里。⑤庬（páng）：厚实。不泄：忠于职守，不泄露机密。⑥清澄：这里作动词用，指弄清一件事情的真相。然否：是这样或不是这样。

【译文】

惋惜往日也曾得到您的赏信，接受您的诏命想使时政光明。继承先人的功业来光照天下，阐明法度消除是非嫌疑。国家富强而法度建立，把大事托付给忠贞之臣而君王日享安逸。国家机密事都牢记在心，纵使有了过失君王也不会把我治罪。我的居心淳厚善良绝不泄露国家机密，竟然也遭到奸人妒忌。国君听信谗言而对我大发脾气，也不明辨是非审察清楚。

【原文】

蔽晦君之聪明兮[①]，虚惑误又以欺[②]。弗参验以考实兮[③]，远迁臣而弗思[④]。信谗谀之溷浊兮，盛气志而过之[⑤]。何贞臣之无罪兮，被离谤而见尤[⑥]。惭光景之诚信兮，身幽隐而备之[⑦]。临沅湘之玄渊兮，遂自忍而沈流。卒没身而绝名兮，惜壅君之不昭[⑧]。君无度而弗察兮，使芳草为薮幽[⑨]。焉舒情而抽信兮[⑩]，恬死亡而不聊[⑪]。独鄣壅而蔽隐兮[⑫]，使贞臣为无由[⑬]。

【注释】

①聪：指听觉好。明：指视觉好。聪明：比喻耳目好。②虚、惑、误：近义字叠用，虚是捏造事实，惑是颠倒是非，误是陷害误人。③参：比较。验：验证。④迁：放逐。臣：作者自称。⑤盛气志：指大怒。过：罪过，此作动词用，责罚。⑥被离：两字同义，都是遭受的意思。⑦“惭光”二句：景，

古同“影”。光景诚信，犹今“形影不离”。这两句是说：君臣关系本该像光影一样，但自己因受谗人离间，被楚王排斥放逐，因此，在光亮的地方看到光影诚信的景状，就要触景伤情，惭愧得无地容身，想隐退到幽暗的地方而避之。⑧壅君：受蒙蔽的君王，指楚怀王。屈原对楚王都用美称，如“灵修”、“哲王”、“荃”、“荪”等，唯这篇用鄙称，是可疑者一；其次，“遂自忍而沈流”的“遂”（就），“卒没身而绝名”的“卒”（终于），都是已完成的语气，既已沉流没身，又怎能写诗？这是更大的漏洞。但它却为屈原确曾沉江殉节提供一条证据。昭：明。⑨为：处于。薮：草泽。薮幽：大泽的幽暗处。⑩焉：何处。抽：抒。信：真实的心情。抽信：与舒情同义。⑪恬：安然。不聊：不苟活在世，意即安于死亡。⑫鄣壅：与蔽隐同义，谓谗人在君王面前造成障碍，蔽隐贤才。⑬由：缘由，指报国的机会。

【译文】

小人们隐蔽事实晦塞君王的耳目，您受到谣言迷惑颠倒是非又被欺骗。您不去察验考证以查出事实，就将忠臣迁谪到僻远之地而从不思念。您听信谗佞小人的污言浊语，您盛气凌人地以那些莫须有的过错对我指责发怒。为何没有罪的忠贞之臣，竟然遭到离间诽谤而被贬斥？惭愧于日月光辉的诚信永恒，虽已身处幽暗隐蔽之地仍要小心防备。面对沅水湘水的深渊，我索性忍着痛苦而沉入深流。纵然我的身体死去名声消亡也不在乎，只可惜君王已被小人蒙蔽永远不会觉悟。君王没有分寸无法明察下情，竟然使芳草被埋没在幽暗的薮泽。怎样才能舒散心情表示我的忠诚？还是恬然死去不苟且偷生。您被障碍壅塞所阻隔，使忠臣无法向您亲近靠拢以尽忠。

【原文】

闻百里之为虏兮[1]，伊尹烹于庖厨[2]。吕望屠于朝歌兮[3]，宁戚歌而饭牛[4]。不逢汤武与桓缪兮[5]，世孰云而知之[6]。吴信谗而弗味兮，子胥死而后忧[7]。介子忠而立枯兮，文君寤而追求[8]。封介山而为之禁兮[9]，报大德之优游[10]。思久故之亲身兮[11]，因缟素而哭之[12]。或忠信而死节兮，或訑谩而不疑[13]。弗省察而按实兮，听谗人之虚辞。芳与泽其杂糅兮，孰申旦而别之[14]？

【注释】

①百里：即百里奚，原为春秋时虞国大夫。晋献公打败虞国，俘百里奚，当陪嫁女儿的奴隶送给秦穆公。百里奚中途逃走，被楚兵捉去。秦穆公得知他是贤才，用五张黑羊皮赎回，封为大夫，他助穆公成就霸业。②伊尹：商汤的辅佐大臣，出身奴隶，做过厨子。③吕望：即吕尚，俗称姜太公。本姓姜，因先代封在吕，故以吕为氏。未发迹时，曾在朝歌（故城在今河南）卖肉，晚年垂钓渭滨，遇周文王而得重用，后来辅佐武王灭商。④宁戚：春秋时卫国人。喂牛时唱歌抒怀，被齐桓公听到，得以赏识重用。饭牛：喂牛。⑤汤：商汤。武：周武王，重用吕望而灭商。桓：齐桓公。缪：秦穆公。⑥云：语气助词。自“闻百里”至此，专写君臣遇合的好先例。⑦弗：不能。味：体味，辨别。子胥：姓吴，名员，字子胥，吴国大将，屡劝夫差灭越和暂缓伐齐，夫差听信太宰伯嚭的谗言，不辨究竟，赐剑命子胥自杀。

结果，吴被越王勾践所灭。弗味，是说不能理解伍子胥的忠言。⑧介子：介子推。文君：晋文公，春秋时晋国君，献公之子，名重耳。被父妾骊姬谗毁，曾出奔流亡十九年，介子推等从行，备受危难苦辛。文公归国即位后，大家报功争赏，介子推不肯自荐，被文公遗忘。子推带母亲隐居绵山（今山西介休东南）。文公这才想起，遂在绵山三面放火，只留一面，想让子推出来。子推坚持不出，抱树烧死。立枯：指抱树站着被烧焦。⑨“封介”句：晋文公为了纪念子推，封赐舒，山为“介山”，禁止采樵。⑩优游：大德宽广的样子，形容介子推德行伟大。⑪久故：多年的故旧，老朋友。亲身：不离身，一说当作“割身”，指割股。流亡期间，介子推曾割股肉给重耳充饥。⑫缟素：白色的丧服。⑬訑（dàn）：通“诞”。訑谩：欺诈。⑭申旦：再三表白。详见《思美人》“申旦以舒中情兮”注。

【译文】

听说百里奚曾做过俘虏，伊尹也曾是个善烹煮的厨子。姜子牙在朝歌是个屠夫，宁戚一边唱歌一边放牛。如果不是遇到商汤、武王、桓公、穆公这些明君，那么世上谁又会知道他们的贤能才华？吴王听信谗言而不能省察，当忠臣伍子胥被逼死后才觉悟忧愁。介子推忠贞而被焚骨枯，晋文公觉悟了才去求寻，把绵山改名为介山并封山禁止砍伐，以报答介子推割股的大恩大德与博大胸怀。思念起故交多年的随侍同伴，因而穿上丧服而痛哭失声。有人忠贞诚信而死于守节，有人欺诈而获信任。您不去省察而依照事实，却听信谗佞之人捏造的虚妄之词。芳香与汗臭混杂在一起，谁又能一夜之间将其辨别？

【原文】

何芳草之早夭兮，微霜降而下戒[1]。谅聪不明而蔽壅兮[2]，使谗谀而日得[3]。自前世之嫉贤兮，谓蕙若其不可佩。妒佳冶之芬芳兮，嫫母姣而自好[4]。虽有西施之美容兮，谗妒入以自代。愿陈情以白行兮[5]，得罪过之不意。情冤见之日明兮[6]，如列宿之错置[7]。乘骐骥而驰骋兮，无辔衔而自载[8]。乘氾泭以下流兮[9]，无舟楫而自备[10]。背法度而心治兮[11]，辟与此其无异[12]。宁溘死而流亡兮[13]，恐祸殃之有再。不毕辞以赴渊兮，惜壅君之不识。

【注释】

①下：是“不”的误字。戒：戒备。②谅：义同“诚”，诚然。聪不明：听觉不明。③日得：日益得逞。④蓦（mó）母：一作“嫫母”，传说是黄帝的次妃，貌极丑。姣：妖。自好：自以为美好。⑤白行：表白行为。⑥见：音义同“现”。⑦宿（xiù）：星宿。错：借作“措”，安置，安排，陈列。⑧辔：缰绳。衔：勒住马口的铁。自载：没有工具，依靠自己的身手驾驭。⑨氾：同“泛”，浮起。泭（fú）：同“桴”，木筏。氾泭：指浮在水面的木筏。⑩舟楫：划船的桨。楫：桨。自备：是说不用船桨而自恃人力。⑪心治：不要法度，随心所欲地治理国家。这句明确反映了屈原反对心治，主张法治的进步思想，正如秦的崛起离不开法治一样。⑫辟：读作“譬”。此，指乘马无辔，氾泭无揖。譬如治国无法，任凭“心治”。⑬溘（kè）：忽然。流亡：指尸体不得安

莽，而随水漂泊。

【译文】

为什么芳草会如此早地凋谢，原来在微霜下降时就应该警戒。显然是您视听不明而被小人蒙蔽，所以才使谗谀的小人日益得意。自古贤能之人便遭嫉妒，他们说蕙草和杜若不能佩戴。嫉妒佳丽怡然的芬芳，丑陋的嫫母以为娇媚的打扮就是漂亮。纵然有西施般的绝顶美貌，谗妒之人也能入宠取代你。愿陈述真情以表白自己的行迹，想不到竟意外地获得罪过。我的真情和冤屈日益明白，如同罗列在天空中的星宿般错落清楚。驾着骐骥飞奔驰骋，没有辔衔而任其奔驰。乘着漂浮的木筏顺流而下，没有船桨而任其随波漂荡。违背法度而凭自己的心意治理国家，与上面的事例又有什么差别。我宁可死去而流亡，只因恐怕还会有祸殃降临。如果不等把话说完就跳渊自尽，又可惜糊涂的国君将永远不知道我的忠贞。

橘颂

【原文】

后皇嘉树[①]，橘徕服兮[②]。受命不迁[③]，生南国兮。深固难徙，更壹志兮。绿叶素荣[④]，纷其可喜兮。曾枝剡棘[⑤]，圆果抟兮[⑥]。青黄杂糅，文章烂兮[⑦]。精色内白[⑧]，类任道兮[⑨]。纷缊宜修[⑩]，姱而不丑兮。

【注释】

①后：后土。皇：皇天。后皇：是对天地的尊称。先“后”后“皇”，是因为古代称人王为“皇后”，倒置为“后皇”，可以避免与人王的“皇后”相混。②徕：同“来”。服：习惯。③受命：受天地之命，即禀性，天性。④素荣：橘树初夏时开五瓣的白花。⑤曾：通“增”。曾枝：犹繁枝。剡（yǎn）：尖利。棘：指橘枝上的刺。⑥抟（tuán）：同“团”，圆圆的。⑦文章：花纹色彩，指橘子的颜色。烂：光泽貌。⑧精色：鲜明的皮色。内白：内瓤清白净洁。⑨类：像。任：抱。⑩纷缊（yūn）：指橘的香味盛茂。宜修：美好。

【译文】

天地间孕育一种美好的橘树，生下来就习惯了我们的水土。你秉承天生的品质坚贞不移，生长在江南的国土。你生长得根深蒂固难以迁徙，更有着专一的志行。翠绿的叶片相衬着白色花朵，缤纷繁茂的样子让人欣喜。重叠浓密的枝条长满锐利的荆棘，圆圆的果实挂满枝条。青色黄色的果实交错混杂，色彩斑斓多么灿烂夺目。外表鲜明精美内心纯净洁白，多么像一个可担当重任的君子啊。繁茂的枝条恰到好处的修饰，优雅的美貌不同于流俗。

【原文】

嗟尔幼志①，有以异兮。独立不迁，岂不可喜兮。深固难徙，廓其无求兮②。苏世独立③，横而不流兮④。闭心自慎⑤，终不失过兮⑥。秉德无私⑦，参天地兮⑧。

愿岁并谢⑨，与长友兮。淑离不淫⑩，梗其有理兮⑪。年岁虽少，可师长兮。行比伯夷⑫，置以为像兮⑬。

【注释】

①嗟：赞叹词。②廓：指胸怀旷达。③苏：苏醒。④横：横渡。流：水向下。这句以驾舟横渡不随流而下，比喻为人处世不因时俗的好尚而变更自己的意志。⑤闭心：凡事藏在心里。意同上文“无求”，下文“自慎”。⑥失过：“过失”的倒文。⑦秉：持。私：偏阿，不公正。⑧参：合。作者说橘也公正“无私”，其德可比天地。⑨岁：年寿。并谢：同死，是指百草百卉同时凋谢的时候。⑩淑：善。离：借作“丽”。⑪梗：正直。理：纹理。此以橘之干直而有纹理，喻人之坚守直道、符合正理。⑫伯夷：殷末孤竹君的长子，周灭殷后，耻食周粟，饿死于首阳山。这是一个个性坚强、独行其志的典型，橘的特性与之相似，所以用来相比拟。⑬像：榜样。

【译文】

啊！你虽幼年却有如此志气，有着与大众不相苟同的地方。你坚守独立的品格永不改变，很令人欢喜。你品德深厚坚定不移，心胸开阔不追求私欲。你苏醒独立超越这污浊世俗的世界，敢于逆流横渡而不追随流俗。你清心寡欲谨慎自重，自始至终不会有罪行与过失。你秉持美德而无私欲，此情此德可与天地齐。愿与岁月一起流逝，而与你结成知己友谊天长地久。你善良美丽而无杂念，既坚贞又富有条理。你的年龄虽然还小，但你的品德却可为师表。你的品行可与伯夷相比，是我追随效仿的榜样。

悲回风

【原文】

悲回风之摇蕙兮，心冤结而内伤。物有微而陨性兮①，声有隐而先倡②。夫何彭咸之造思兮③，暨志介而不忘④。万变其情岂可盖兮，孰虚伪之可长⑤。鸟兽鸣以号群兮，草苴比而不芳⑥。鱼葺鳞以自别兮，蛟龙隐其文章⑦。故荼荠不同亩兮⑧，兰茝幽而独芳。惟佳人之永都兮，更统世而自贶⑨。眇远志之所及兮⑩，怜浮云之相羊⑪。介眇志之所惑兮⑫，窃赋诗之所明。

【注释】

①物：指蕙草。有：语气助词。陨：损。性：古通“生”，生命。这句说蕙草衰弱，易受损伤。②声：指秋风。倡：同“唱”。秋风隐约无形，但发肃杀之先声。③造思：追思。④暨：希望。⑤“万变”二句：是说自己追思彭咸，纯出真诚，绝无虚伪。⑥草：指新鲜的芳草。苴（jū）：枯草。比：混在一起。这两句至“兰茝幽而独芳”，是比喻自己只能与彭咸等前贤为类，不屑与群小合流，即回答上文“夫何彭咸之造思”。⑦葺：整治。自别：自炫以立异。文章：文采，指蛟龙的鳞甲。鱼现则龙隐，龙不屑与鱼为伍。⑧荼：苦菜。荠：甜菜。⑨佳人：喻前贤。都：美好。更：经历。统世：统观万世。贶（kuàng）：古通“况”。⑩眇：读

作“渺”，遥远的样子。及：谓及于前贤。⑪相羊：同“徜徉”，自在地徘徊，此指白云自由飘荡。⑫介：耿介。眇：读作“渺”。介眇志：高远或远大的心志。惑：当从一本作“感”。

【译文】

悲痛着旋风摇落了蕙草，我心中郁结内心哀伤。生命因其微小而殒命凋零，风声虽然隐微却是秋冬的先兆。为何彭咸会让人如此追思怀念，是因与其有同等志节而始终不能忘怀。富于变化的感情岂能掩盖，虚伪的情意又怎么会保持长久。鸟兽鸣叫以呼唤它们的同伴，鲜草因与枯草混杂在一起而失去芬芳。鱼儿修饰鳞片以为自己与众不同，蛟龙却隐藏起它那华美的纹章。所以苦菜甜菜不能同时种在一个地方，兰草芷草必须身处幽深而独自芳香。只有佳人才能是永葆美丽，虽然时代交替变更，我依然要自比他的美丽善良。我远大的志向想要实现却是如此渺茫，可叹它如浮云般随处飘荡。因这孤高的远志而产生的迷惘困惑，而私下写出一首诗来表白心迹。

【原文】

惟佳人之独怀兮①，折若椒以自处。曾歔欷之嗟嗟兮②，独隐伏而思虑。涕泣交而凄凄兮，思不眠以至曙。终长夜之曼曼兮，掩此哀而不去③。寤从容以周流兮④，聊逍遥以自恃⑤。伤太息之愍怜兮⑥，气於邑而不可止⑦。纠思心以为纕兮⑧，编愁苦以为膺⑨。折若木以蔽光兮，随飘风之所仍⑩。

【注释】

①惟：思。②曾：读作“增”，屡次。③掩：读作“淹”，留。④寤：醒，此作起床解。周流：四面游荡。⑤恃：借作“持”，依靠。自恃：精神上的自我支撑。⑥愍：哀伤。⑦於（wū）邑：同郁邑，气闷。⑧纠（jiū）：同“纠”。⑨膺：本义是胸，这里指护胸的衣物，犹今背心、兜肚之类。⑩仍：因，循。

【译文】

唯有佳人才会有与众不同的胸怀独自思量。折一支杜若采一朵申椒聊以自慰。每每我哀泣哽咽暗自悲叹，孤独地隐居却又因心系国君而焦虑。我涕泪交流啊心中凄凉，思绪重重焦虑不眠直到天亮。终于熬过了这漫漫长夜，然而压抑着的悲哀却仍挥之不去无法排解。突然醒悟我该舒心展志从容自得周游四方，姑且以逍遥自在来自我欢愉。然而太多的悲哀叹息和忧伤，使我呼吸急促心思郁结而不能停止。纠结这些忧思的心情作为佩带，编织愁苦的思绪作为心衣。折下若木用来遮蔽阳光，随着风沉浮我被吹往他方。

【原文】

存仿佛而不见兮[①]，心踊跃其若汤。抚珮衽以案志兮[②]，超惘惘而遂行[③]。岁曶曶其若颓兮[④]，时亦冉冉而将至[⑤]。薠蘅槁而节离兮[⑥]，芳以歇而不比[⑦]。怜思心之不可惩兮[⑧]，证此言之不可聊[⑨]。宁溘死而流亡兮，不忍为此之常愁。孤子唫而抆泪兮，放子出而不还[⑩]。孰能

思而不隐兮⑪，照彭咸之所闻⑫。

【注释】

①存：客观存在的东西。仿佛：模糊不清。②珮：玉佩。衽(rèn)：衣襟。案：按捺，抑制。③超：借作“怊(chāo)”，遥远而渺茫的样子。惘惘：迷惘，茫然若失，也是失意的样子。④曶曶：音义同“忽忽”，指时光匆匆而过。颓：落，指一年的将近。⑤时：此指一生的时限。冉冉：渐渐。⑥薠(fán)、蘅：都是香草名。⑦以：已。比：聚合。不比：飘零离散。⑧思心：指自己百折不回的孤独心情。惩：治。⑨此言：指上文“案志”、“自恃”等假设之言。聊：靠。⑩唫：古“吟”字，呻吟。抆(wèn)：擦拭。放子：被弃逐的儿子。孤子、放子都是自喻。⑪隐：心痛。⑫照：一本作“昭”，明。所闻：指所听说的彭咸故事。

【译文】

眼前所见的事物已模模糊糊看不清楚，我的心却如同沸水般跳跃翻腾。我整理衣襟手抚玉佩以此来抑制心情，满怀怅惘失意我已动

身走向远方。岁月匆匆有如落物下坠，衰老已经缓缓地即将到来。白蘋杜蘅都已经枯槁而节节断落，芳草已衰歇而叶落香散。悲怜我的思念之心不可遏止，证明以上所言所想还是不可信赖。我宁可突然死去而灵魂流亡他方，也不忍再为此情使我心无限哀愁。孤独的人低声哭泣哀伤着擦去泪水，被放逐的人离开家乡就永难返回。谁能满怀悲思而不觉忧伤？终于明白彭咸为什么会有如此善誉。

【原文】

登石峦以远望兮，路眇眇之默默①。入景响之无应兮②，闻省想而不可得③。愁郁郁之无快兮，居戚戚而不可解④。心鞿羁而不开兮，气缭转而自缔。穆眇眇之无垠兮⑤，莽芒芒之无仪⑥。声有隐而相感兮⑦，物有纯而不可为⑧。邈漫漫之不可量兮，缥绵绵之不可纡⑨。愁悄悄之常悲兮⑩，翩冥冥之不可娱⑪。凌大波而流风兮⑫，托彭咸之所居。

【注释】

①眇眇：读作“渺渺”，远而不清的样子。②景：同“影”。景响无应：极言处境的孤寂。③闻：耳听。省：查看。想：心想。耳、目、心都无感受，极言心境的寂寥。④居：疑为“思”字。⑤穆：静。⑥莽：野色苍茫。芒芒：同“茫茫”。仪：形，象。⑦声：指秋风。有：语气助词。相感：指秋风肃杀，万物相感而枯萎。⑧纯：纯朴的本性。为：人为。以上两句有道家的自

然无为思想，为下面六句提供理论据。⑨缥：高远。绵绵：连绵不绝，若有若无的样子。纡：萦绕。⑩悄悄：忧愁的样子。⑪翩：飞。翩冥冥：指思绪的飞逝。⑫流风：顺风飘流。

【译文】

我登上高山纵目远望，道路遥远渺茫而静默无声。没有人影也没有人回应，无思无想却不可能。愁思郁结在心而没有一丝快乐，虽静思但忧思戚戚仍不可释怀。内心被思绪束缚挣扎不开，气血缠绕忧愁纠结着感伤。茫茫的大地幽远而没有边际，四处苍茫万物没有形迹。即使声音细微也能相互感应，事物本质纯粹而不可人为改变。世间之理邈远而不可度量，心之思虑缥缈绵长不可萦系。悄然而至的愁绪常使我自感悲伤，想疾飞远去也得不到欢娱。乘着大浪我愿随风而去，托身在贤者彭咸的故居。

【原文】

上高岩之峭岸兮，处雌蜺之标颠①。据青冥而摅虹兮②，遂儵忽而扪天③。吸湛露之浮源兮④，漱凝霜之雰雰⑤。依风穴以自息兮⑥，忽倾寤以婵媛⑦。冯昆仑以瞰雾兮⑧，隐岷山以清江⑨。惮涌湍之礚礚兮⑩，听波声之汹汹⑪。

【注释】

①雌蜺（ní）：也称副虹。虹常有内外两层，通称为虹。古人分别言之，内层色鲜，传说性雄，称虹；外层色淡，传说性雌，

称蜺。蜺亦作霓。标：梢。颠：顶。标颠：最高处，顶点。②青冥：青天。摅（shū）：舒展。摅虹：舒展虹的光彩。③儵（shū）：同“倏”，义同“忽”，快的样子。扪：抚摸。④湛（zhàn）：露水浓重。浮源：当作“浮浮”，露浓重之状。⑤凝霜：浓霜。雰雰：霜向下飘落的样子。⑥风穴：神山名，在昆仑山上，是北方寒风的风源所在地。自息：自然地睡去。⑦倾寤：转身醒来。婵媛：内心痛恻的样子。⑧冯：同“凭”，依傍。瞰：注视。“瞰雾”与下句“清江”对文。⑨隐：义同“凭”，依据。岷山：古人认为是长江的发源地。⑩涌湍：急流。磕磕：水石相击声。⑪汹汹：波涛声。

【译文】

攀上高岩之上的峭崖峻岸，我要置身于雌霓的顶端。倚着青天我手揽一片彩虹，倏忽间我已抚摸到苍天。我吸着带着丝丝清凉的露水，用洁白的凝霜漱口。我倚着寒风穴口稍作休息，忽然醒悟又顿觉无比地悲忧惆怅。我登上昆仑山俯览云雾，我依靠着岷山滚滚江水。我害怕急流汹涌撞击石头的声响，听着涛声汹汹波浪怒吼。

【原文】

纷容容之无经兮①，罔芒芒之无纪②。轧洋洋之无从兮③，驰委移之焉止④？漂翻翻其上下兮⑤，翼遥遥其左右⑥。氾潏潏其前后兮⑦，伴张弛之信期⑧。观炎气之相仍兮⑨，窥烟液之所积⑩。悲霜雪之俱下兮，听潮水之相击。借光景以往来兮⑪，施黄棘之枉策⑫。求介子之

所存兮⑬，见伯夷之放迹。心调度而弗去兮⑭，刻著志之无适⑮。

【注释】

①容容：通“溶溶”，大水流动的样子。经：“经纬”的省文。这句写大水横溢，纷乱无序。②罔：同“惘”，迷惑。芒：同“茫”。纪：条理。这句是说波涛的泛滥。③轧：倾轧，矛盾。指水势互相撞击，辨不清流向。无从：不知从何而来。④驰：指波涛奔驰。委移：同“逶迤”，此指波涛沿曲线奔驰。焉止：不知到哪里止息。⑤漂：浮，此指水面起伏。⑥翼：两翼，指左右。遥：借作“摇”，摇摆不定。⑦氾：同“泛”，潏潏（jué），水涌出的样子。这句与下句连读，“氾潏潏”指涨潮。⑧伴：借作“判”，判别。张弛：指潮水的涨落。信期：指潮汐的信期。⑨炎气：夏天江河受热而蒸发的水蒸气。古代没有“汽”字，蒸汽也称“气”。仍：因。相仍：相因，即因果循环。⑩烟：云烟。液：指雨露。⑪借：乘。光景：指上面所写的四时的光景，即云雨霜雪之气。⑫施：用。黄棘，神话中的木名。棘是刺，黄棘当是生刺的神木。枉：弯曲。黄棘当是灌木，质柔而弯。策：鞭。⑬介子：介子推，注见《惜往日》。存：居。⑭调度：考虑。心调度：细心考虑。⑮刻著志：下决心。无适：与“弗去”义同，指念念不忘介子、伯夷的高节。

【译文】

水势瞬息万变纵横交流，迷迷惘惘无依无据没有纲纪。源远流长的流水不知从何处而来，奔驰不息的流水不知要流向何方？浪头翻腾滚动忽上忽下，水流急速摇荡左右冲击。汹涌泛滥的水势前突后奔，依伴着潮水涨落的汛期。看那炎热蒸汽相因而生，观察那水气凝聚成雨珠。悲痛霜雪俱下侵降临大地，聆听着潮水澎湃冲击。我往来奔波，用黄棘做成马鞭以备驾驭。我要去寻求介子推的故里，我要再见伯夷放逐后的遗迹。我内心思度惆怅着不忍离去，下定决心意志坚强忠贞不移。

【原文】

曰[①]：吾怨往昔之所冀兮[②]，悼来者之悐悐[③]。浮江淮而入海兮，从子胥而自适[④]。望大河之洲渚兮，悲申徒之抗迹[⑤]。骤谏君而不听兮[⑥]，任重石之何益[⑦]？心絓结而不解兮，思蹇产而不释。

【注释】

①曰：即“乱曰”。②冀：希望，理想。③悐：同“惕”，警惕。④子胥：传说伍子胥被吴王夫差赐死后，尸体被投入江中，神化而归大海。⑤申徒：申徒狄，殷末贤臣，谏纣王不听，抱石自沉。抗：同“亢”，高也。抗迹：高亢的事迹。⑥骤：屡次。⑦任：抱。屈原同情与敬佩申徒狄，但认为他的抱石自沉，并不能促使君王醒悟。这再一次流露出作者在生死之间踌躇未决。

【译文】

尾声：我怨恨往昔所期望的都不能实现，悲悼未来的事物更加警醒。我愿浮于江淮顺流入海，追从伍子胥以自求顺意。我眺望着大河中的沙洲水渚，我悲伤申徒狄高尚的事迹。我屡屡劝谏君王却从不被采信，纵然我抱着重石跳进水里又有何益？我的心已郁结终不得开解，我的思想阻塞纠缠得不能释怀。

远游

【原文】

悲时俗之迫阨兮[①]，愿轻举而远游。质菲薄而无因兮[②]，焉托乘而上浮？遭沈浊而污秽兮，独郁结其谁语！夜耿耿而不寐兮[③]，魂茕茕而至曙[④]。惟天地之无穷兮，哀人生之长勤[⑤]。往者余弗及兮，来者吾不闻。步徙倚而遥思兮[⑥]，怊惝怳而乖怀[⑦]。意荒忽而流荡兮，心愁凄而增悲。

【注释】

①阨（è）：阻塞，困厄。②质菲薄：质性鄙陋。这是自谦之词。因：指外在的因缘。③耿耿：心不安宁的样子。④茕茕：当从一本作“营营”，往来不停的样子。⑤勤：劳碌。⑥徙倚：徘徊，踟蹰。遥：借作“摇”。⑦怊（chāo）：心无所依。惝（chǎng）怳（huǎng）：惆怅失意的样子。乖：不和谐。怀：心情。乖怀：心愿违背，心气不顺。

【译文】

我悲伤世俗胁迫困厄，真想轻身飞翔起来远游他方。但是我自身微薄而没有依靠，将以什么为依托而上浮天际？我遭到周围污浊黑暗的侵袭，孤独苦闷郁结的心绪又向谁去倾诉？漫长的黑夜里内心的牵挂使我不能安眠，灵魂更是漂浮不定四处奔走直至破曙。心里想着天地的无尽无休，哀痛人生也是如此的漫长艰辛。过去的一切已经不可触及，未来的种种我也很难知闻。缓步徘徊默默地静思，惆怅、失意都使我心意乖戾。我神志恍惚四处流荡而无所依附，我的内心愁苦悲痛而倍感哀凄。

【原文】

神儵忽而不反兮，形枯槁而独留①。内惟省以端操兮②，求正气之所由。漠虚静以恬愉兮③，澹无为而自得④。闻赤松之清尘兮⑤，愿承风乎遗则。贵真人之休德兮⑥，美往世之登仙⑦。与化去而不见兮，名声著而日延⑧。奇傅说之托辰星兮⑨，羡韩众之得一⑩。形穆穆以浸远兮⑪，离人群而遁逸。

【注释】

①神：精神。形：形体。②内惟省：扪心自省。内：内心。惟：思。省：察。端操：端正情操。③漠：漠然。④澹（dàn）：通“憺”，安然。⑤赤松：即赤松子，传说是远古的仙圣。清尘：犹遗风。清：尊敬之义，尘：步行时扬起的尘土。⑥贵：尊重。真人：道家理想中的得道之人。休：美。⑦美：羡慕；赞美。⑧化：仙化。著：显赫。日延：永远不绝。⑨傅说：商王武丁的国相。辰星：星宿名。相传傅说死后，其精神乘星上天。⑩韩众：即齐人韩终，他为王采药，王不肯服，于是他自己服下成仙。

得一：道家术语，即得道。⑪穆穆：仪容端庄的样子。浸：渐。

【译文】

忽然间魂魄离我远去而不返，只留下我这枯槁的形体。内心一直自省而端正操守，以寻求天地正气所产生的缘由。我漠然宁静而自有愉悦的心境，我有着澹淡无为而悠然自得的胸襟。听说赤松子留下了清高绝俗的榜样，我愿继承他的遗风以行其事。我珍视养真之人的美德，我更赞美他们能得道升仙。虽然他们的形体已羽化不见，然而名声却显著而日日流传。我惊奇傅说托付给星辰，韩众得道成仙使我羡慕不已。形体默然无声地渐渐远去，离开了人群而遁迹隐逸。

【原文】

因气变而遂曾举兮[①]，忽神奔而鬼怪。时仿佛以遥见兮[②]，精皎皎以往来[③]。绝氛埃而淑尤兮[④]，终不反其故都。免众患而不惧兮[⑤]，世莫知其所如[⑥]。恐天时之代序兮，耀灵晔而西征[⑦]。微霜降而下沦兮[⑧]，悼芳草之先零。聊仿佯而逍遥兮，永历年而无成[⑨]。谁可与玩斯遗芳兮[⑩]？长向风而舒情。高阳邈以远兮[⑪]，余将焉所程[⑫]？

【注释】

①气变：承上文因“端操”而获“正气”。曾：通“增”。增举：高举。②时：偶尔。③精：精灵。皎皎：光明的样子。④绝：超越，远离。淑：清。尤：甚，过。⑤众患：指群小的谗

谄。⑥如：往。⑦耀灵：对太阳的尊称。晔（yè）：光明的样子。⑧沦：犹“降”。⑨永：久。历年：经历数年。⑩斯遗芳：一本作“此芳草”，译文从之。⑪高阳：与下节“轩辕”，都是作者心目中“邈以远”、“不可攀”的偶象，故后文写游天时没有遇到他们。⑫程：效法。

【译文】

借着自然的变化而高飞入天际，如神奔鬼变般倏忽往来。有时仿佛于朦胧中隐约可见，精灵明亮闪烁地往来于天地。他们已经超越尘埃达到精美清丽之极，再也不会返回凡尘故里。那样就能摆脱小人的陷害而无所畏惧，世界上已经没有人知道他们的踪迹。但是我恐惧在时光交替变更中，辉煌的灵光已闪烁着向西方而去。薄薄的秋霜已飘然降临大地，悲悼那芳草最先凋零。姑且漫步徘徊而游荡逍遥，虽然岁月已久而我依然无所成就。谁又能与我赏玩这些仅存的芳草？我只能对着清风长叹以舒散心情。高阳的时代早已离我远去，我还能效法谁以作为榜样？

【原文】

重曰[①]：春秋忽其不淹兮，奚久留此故居[②]？轩辕不可攀援兮[③]，吾将从王乔而娱戏[④]。餐六气而饮沆瀣兮，漱正阳而含朝霞[⑤]。保神明之清澄兮[⑥]，精气入而麤秽除[⑦]。顺凯风以从游兮[⑧]，至南巢而壹息[⑨]。见王子而宿之兮[⑩]，审壹气之和德[⑪]。

【注释】

①重曰：再次地说。②奚：为什么。③轩辕：黄帝的号。④王乔：即王子乔，相传是周灵王的太子晋，好吹笙作凤鸣，得道成仙。⑤六气：有各种不同的含义，这里当指神话里的六种自然之气，仙人所餐。沆(hàng) 瀣(xiè)、正阳、朝霞，都是六气之一。沆瀣是北方夜半之气，正阳是南方日中之气，朝霞是日出之气。⑥神明：指人的精神。⑦精气：清净之气，即指上文“六气”。麤(cū)：即粗。⑧凯风：南风。⑨南巢：南方荒远之国，其地望说者各异。壹息：稍息。⑩王子：即王子乔。宿：借作“肃”，肃敬。⑪审：究问。壹气、和德：道家术语，都是得道的意思。

【译文】

重唱：春去秋来如流水般消逝，我为何还久留在故居？轩辕既然已远无法同游，我将跟着王子乔而嬉娱。我吃六气而饮沆瀣，用正阳漱口且含着朝霞以润喉。保持精神心灵的清明澄澈，将先天的精气吸入身体而将浊气排除。顺着南风而出游，到了南巢之旁才稍微休息。见到了王子乔就恭敬地向他请教，请教阴阳之气融合交流的道理。

【原文】

曰：“道可受兮，不可传[①]；其小无内兮，其大无垠，无滑而魂兮，彼将自然[②]。壹气孔神兮，于中夜存[③]，虚以待之兮，无为之先[④]。庶类以成兮[⑤]，此德之门。”

【注释】

①“可受”、“不可传”，用词虽相反，含意却一致，都形容

“道”的神秘性。②无：同“毋”，勿。滑：乱。而：尔，你。彼：指“道”。③壹：专。壹气：即专气。孔：甚。神：指凝神。存：指存于心。④无：不。之：指称代词，指外物。无为之先：不为外物之先。⑤庶类：万物。

【译文】

他说：“道理只能接受领悟，而不能口耳相传；它微小到没有实质，广大到没有边际。如果不搅乱你的魂灵，它就会自然显现。天地间至真至纯之气非常神奇，常存在于半夜寂静时分。要以虚静之心来等待，不要有占为己有的情欲。万物众类都是借助它而生成的，这就是得道的必经之门。”

【原文】

闻至贵而遂徂兮①，忽乎吾将行。仍羽人于丹丘兮，留不死之旧乡②。朝濯发于汤谷兮，夕晞余身兮九阳③。吸飞泉之微液兮，怀琬琰之华英④。玉色頩以脕颜兮⑤，精醇粹而始壮⑥。质销铄以汋约兮，神要眇以淫放⑦。嘉南州之炎德兮⑧，丽桂树之冬荣。山萧条而无兽兮，野寂漠其无人。载营魄而登霞兮⑨，掩浮云而上征。

【注释】

①至贵：极宝贵，指王子乔上述的话。徂：往。②仍：因，就。羽人：《山海经》有羽人之国、不死之民。或说人得道身生毛羽，即飞仙。丹丘：昼夜常明之地。羽人国、丹丘、不死地，都在南方，作者是楚人，故称“旧乡”。③晞（xī）：晒干。九阳：

古代神话，汤谷有扶桑树，“九日居下枝，一日居上枝”。“九阳”即指下枝的九个太阳。④琬、琰：都是美玉名。华、英：都是花。⑤頩（pīng）：美貌。脕（wàn）：润泽。⑥醇：厚，美。粹：不杂。⑦“质销”二句：是以体质日瘦，精神日盛，说明凡人的成分日益消失，神仙的成分日益增多。质：指体质。销铄：消亡。汋（zhuó）约：柔弱的样子。神：精神。眇（miǎo）：通“渺”。要眇：高远的样子。淫：溢，过头。⑧嘉：美。南州：南方，指故居之地。炎德：火德。这本于阴阳五行说，把东、南、西、北、中分属五行，南方属火，故称。⑨营魄：魂魄。

【译文】

我听罢这些至理名言便向往一去，瞬息间我就出发远去。我到丹丘仙境亲近飞仙，想要留在这不死的神仙之乡。早晨在阳谷洗洗头发，傍晚让九阳用热力晒干我的身体。吮吸着飞泉神美的汁液，饱食着美玉的英华。玉色使我的容颜光泽滋润，精神纯粹而茁壮充盈。形体销铄而显出柔美，神魄幽微而更加豪放。我赞美南方气候炎热的功德，我歌颂桂树在冬天也吐芳华。但是山林却萧条得没有野兽，原野寂寥苍茫而不见人烟。承载着仙体飞上彩霞，攀登着浮云向上飞升。

【原文】

命天阍其开关兮[①]，排阊阖而望予[②]。召丰隆使先导兮[③]，问大微之所居[④]。集重阳入帝宫兮[⑤]，造旬始而观清都[⑥]。朝发轫于太仪兮[⑦]，夕始临乎於微闾[⑧]。屯余车之万乘兮，纷溶与而并驰[⑨]。驾八龙之婉婉兮，载云旗

之逶蛇。建雄虹之采旄兮[⑩]，五色杂而炫耀。服偃蹇以低昂兮[⑪]，骖连蜷以骄骜[⑫]。

【注释】

①阍：守门人。②排：推开。阊阖：天门。③丰隆：云师。④大微：一作“太微”，天帝的南宫。⑤集：就，往。重阳：天。⑥旬始：皇天名，一说是太白星。清都：天帝居住的地方。⑦太仪：天帝的宫庭。⑧於微闾：神话里的山名，在东北方，产玉。⑨溶与：即容与，从容。⑩旄（máo）：杆头装饰牛尾的旗。⑪服：驾车的四匹马中，在中间的两匹称“服”，在两旁的称“骖”，这里泛指驾车的马。偃蹇：形容马匹高大矫健的样子。⑫骄骜：马纵恣奔驰。

【译文】

命令守门人把天门打开，他只是推开大门朝我望着。召唤丰隆让他做我的向导，去探寻天帝南宫所在的位置。到达九重天进入帝宫，探访旬始而参观天庭清都。早晨从天庭太仪驾车出发，傍晚就到达了於微闾。我把万辆车驾屯聚在一起，浩浩荡荡并驾齐驱而前。驾着八龙蜿蜒飞行，车上插着的云饰旗子摇摆不定。竖起装饰着彩旄的雄虹之旗，五色纷杂明艳照耀。驾车的马匹行动矫健而昂首起伏，骖马曲蹄昂颈奋勇奔驰。

【原文】

骑胶葛以杂乱兮[①]，斑漫衍而方行[②]。撰余辔而正策兮[③]，吾将过乎句芒[④]。历太皓以右转兮[⑤]，前飞廉以启

路[⑥]。阳杲杲其未光兮[⑦]，凌天地以径度[⑧]。风伯为余先驱兮，氛埃辟而清凉。凤皇翼其承旂兮，遇蓐收乎西皇[⑨]。揽彗星以为旍兮[⑩]，举斗柄以为麾[⑪]。叛陆离其上下兮[⑫]，游惊雾之流波[⑬]。

【注释】

①骑：坐骑，即一人一马的合称。胶葛：车马喧杂交加的样子。②漫衍：漫无边际。方：并。方行：指坐骑与车驾并行。③撰：持。策：鞭。正策：犹“整队”。④句芒：木神，在东方。他的本来面目是鸟身人面，乘两龙。⑤太皓：伏羲氏，传说是东方天帝。⑥飞廉：风神。⑦杲杲(gǎo)：明亮的样子。⑧凌：超越。天地：作“天池”，即咸池。径：直，是说跨越天池而直往。⑨蓐收：金神，在西方。西皇：西方天帝，即少昊。⑩旍(jīng)：同“旌”，古代一种用牛尾和羽毛装饰杆头的旗。⑪斗柄：星名。北斗星有七颗，形如斗柄的是第五至第七颗。麾：古代指挥军队的旗帜。⑫叛：纷繁的样子。⑬惊雾：云雾惊动而流荡如波。

【译文】

车骑交错飞驰纵横杂乱，纵行的队列绵延不绝而并行。我高举马鞭抓紧缰绳，即将拜见东方之神句芒。经过了东帝太皓之处而右转，有飞廉在前开路。当太阳还没有升起尚未放光，我超越天地而横越直往。风伯为我做先驱，扫荡尘埃而迎来清凉。凤凰张开彩翼翱翔在云旗两旁，在西帝处所西皇遇见了蓐收。牵着彗星摇曳以作为令旗，高举北斗之柄以作旌旗。云雾色彩缤纷忽上忽下，我在云海惊涛中流连嬉戏。

【原文】

时暧曃其曭莽兮[1]，召玄武而奔属[2]。后文昌使掌行兮[3]，选署众神以并毂[4]。路漫漫其修远兮，徐弭节而高厉[5]。左雨师使径侍兮，右雷公以为卫。欲度世以忘归兮[6]，意恣睢以担挢[7]。内欣欣而自美兮，聊媮娱以自乐[8]。

【注释】

①暧曃（dài）：昏暗的样子。曭（tǎng）莽：阴晦的样子。②玄武：北方天神。③文昌：星官名，有六颗。掌行：带领队伍。④署：部署，安排。毂：车轮中心的圆木，这里代指车。并毂：并驾齐驱。⑤高厉：犹“高亢”。厉有“奋”义。⑥度：超度。⑦恣睢：放纵自得。担挢（jiǎo）：高举。⑧媮（yú）：通“愉”，乐。

【译文】

天已昏暗四周迷茫，我召来北方玄武奔走在我的后方。让文昌在后头掌管随行之事，挑选好了众神与我并驾前驱。路途漫漫多么遥远，我执鞭缓缓地驶向高处。雨师在左边相伴随侍，雷公在右边保驾护卫。本想超越世俗而不想归去，我的心意欣然自得而腾飞不已。内心欣喜而品德美好，我姑且自娱自乐而纵情玩乐。

【原文】

涉青云以汎滥游兮[1]，忽临睨夫旧乡。仆夫怀余心悲兮，边马顾而不行[2]。思旧故以想像兮，长太息而掩

涕。氾容与而遐举兮③，聊抑志而自弭。指炎神而直驰兮④，吾将往乎南疑⑤。览方外之荒忽兮⑥，沛罔瀁而自浮⑦。祝融戒而跸御兮⑧，腾告鸾鸟迎宓妃⑨。张咸池奏承云兮⑩，二女御九韶歌⑪。使湘灵鼓瑟兮⑫，令海若舞冯夷⑬。玄螭虫象并出进兮⑭，形蟉虬而逶蛇⑮。

【注释】

①涉：经过。青云：指苍天。汎滥游：四方浪游。②边马：两边的骖马。③氾：字同“泛”。容与：舒缓的样子。④炎神：即祝融，是南方天帝炎帝的辅佐神。在古神话中，祝融一直是个管火的天神。⑤南疑：即九嶷。⑥方外：世外，神仙之属所在。⑦沛：水流貌。罔瀁：水流宏大的样子。⑧戒：这里是劝阻的意思。⑨腾告：传告。⑩咸池：传说是尧时的乐曲。承云：传说是黄帝时的乐曲。⑪二女：即娥皇、女英。御：侍候。九韶：传说是舜时的乐曲。⑫湘灵：湘水神。⑬海若：北海之神。冯夷：水神河伯。⑭螭(chī)：古代传说中的一种无角蛟龙。象：罔象，水怪。玄螭虫象都是水中神物。⑮蟉(liú) 虬(qiú)：盘曲的样子。

【译文】

我登上青云尽情畅游，忽然低头看到故乡家园。仆人们内心怀思而我心中悲伤，骖马也回顾而停下不走。想念起故乡的父老音容，我不禁长声叹息擦拭着泪眼。我应从容逍遥远去，暂且抑制激动的心情而忍耐自解。我指着南方之神炎帝之所在直奔而去，我要去往南方的胜地九嶷山。看着世外之地一片幽

暗迷茫，仿佛在汪洋的水中任意飘浮。祝融已告别调转车头，我又告诉青鸾神鸟去迎接宓妃。谱出《咸池》之乐演奏《承云》乐章，娥皇女英咏唱《九韶》之歌。让湘水的神灵来鼓瑟，命令海若与冯夷起舞助兴。无角黑龙、长蛇与罔象一起出没，形体屈曲而宛转延伸。

【原文】

雌蜺便娟以增挠兮①，鸾鸟轩翥而翔飞②。音乐博衍无终极兮，焉乃逝以徘徊。舒并节以驰骛兮③，逴绝垠乎寒门④。轶迅风于清源兮⑤，从颛顼乎增冰⑥。历玄冥以邪径兮⑦，乘间维以反顾⑧。召黔赢而见之兮⑨，为余先乎平路。经营四荒兮，周流六漠⑩。上至列缺兮⑪，降望大壑⑫。下峥嵘而无地兮，上寥廓而无天⑬。视倏忽而无见兮⑭，听惝怳而无闻⑮。超无为以至清兮，与泰初而为邻。

【注释】

①便娟：轻盈美丽的样子。挠：借作“娆”，妖娆娇媚。

②翥（zhù）：飞举。轩翥：高举。③舒：放松。并：读作“骈”，两马驾一车。舒并节：放松缰绳。骛（wù）：恣意奔跑。④逴（chuō）：远。绝垠：天边。寒门：北方北极之山。⑤轶：后车超越前车。清源：传说中八风之府。⑥颛顼：北方的天帝。增：音义同“层”。⑦玄冥：北方的水神。邪径：转道。⑧间维：古代神话计算天空距离的单位名称。是说天有六间，地有四维，犹言天地。⑨黔嬴：造化之神。⑩漠：读作“幕”。六幕：犹六合，指天地四方。⑪列缺：天盖的缝隙，闪电的光由此漏出。⑫大壑：渤海之东有大壑，实惟无底之谷，叫归墟。⑬峥嵘：深远的样子。寥廓：广远的样子。下无地，上无天，意谓心容天地，而不受天地所限，达到太初原始的境界。⑭儵（shū）：同“倏”，义同“忽”，快。⑮惝（tǎng）怳（huǎng）：迷糊不清。怳通“恍”。

【译文】

雌蜺轻盈优美而层层缠绕，青鸾神鸟高举而飞翔。音乐旋律广博而没有终止，于是我徘徊远去。放下马鞭让车队缓慢前行，来到遥远的天边北极之山。乘着疾风到达八风之府，追随颛顼来到冰层之地。经过玄冥转道而行，登上天地间维之处而回望。我召呼黔嬴前来见面，请他为我先行开通道路。往来于四面荒凉之地，周游八方广漠之境。向上我到达了天隙列缺，向下我俯瞰渤海之大壑。下界茫茫深远无底，上方空空辽远而无顶。视觉闪烁不定什么也看不见，听觉恍惚什么也听不清。超越自然而达清虚的境界，我已经和天地元气之始泰初结伴为邻。

卜居

屈原既放，三年不得复见，竭知尽忠，而蔽障于谗，心烦虑乱，不知所从。往见太卜郑詹尹[①]，曰:“余有所疑，愿因先生决之。”詹尹乃端策拂龟[②]，曰：“君将何以教之？”

屈原曰：“吾宁悃悃款款朴以忠乎？将送往劳来斯无穷乎[③]？宁诛锄草茅，以力耕乎？将游大人以成名乎？宁正言不讳，以危身乎？将从俗富贵以媮生乎[④]？宁超然高举以保真乎？将哫訾栗斯，喔咿儒儿以事妇人乎[⑤]？宁廉洁正直以自清乎？将突梯滑稽，如脂如韦以洁楹乎[⑥]？宁昂昂若千里之驹乎？将氾氾若水中之凫，与波上下，偷以全吾躯乎[⑦]？宁与骐骥亢轭乎？将随驽马之迹乎[⑧]？宁与黄鹄比翼乎？将与鸡鹜争食乎[⑨]？此孰吉孰凶？何去何从？世溷浊而不清！蝉翼为重，千钧为轻。黄钟毁弃，瓦釜雷鸣。谗人高张，贤士无名。吁嗟默默兮，谁知吾之廉贞？”

詹尹乃释策而谢。曰：“夫尺有所短，寸有所长；物有所不足，智有所不明；数有所不逮[⑩]，神有所不通。用君之心，行君之意，龟策诚不能知此事。”

【注释】

①太卜：官名，掌管卜卦的事。②端：摆端正。策：蓍草。龟：指龟壳。“策”与“龟”都是占卦的工具。③悃悃(kǔn)款款：诚实而无保留的样子。劳：慰劳。送往劳来：送往迎来，指社会上的人事应酬。斯无穷：就这样不至于贫困。④媮：同“偷”。⑤哫(zú)訾(zī)：想前进又不敢前进的样子。栗：借作“慄”，古本亦作“慄”，谨畏貌，形容阿谀的丑态。喔咿儒儿：指勉强装笑，讨人欢心的样子。妇人：指楚怀王的宠姬郑袖。⑥突梯：圆滑的样子。滑稽：本是古代的流酒器，引申为人长于辞令，这里则指善于巧言谄媚。脂：油脂。韦：柔软的熟皮。如脂如韦：比喻人的圆滑。洁：用绳子计量圆形物体。楹：屋柱，圆形。洁楹：也比喻人的态度圆滑。⑦氾氾：浮游不定的样子。⑧亢：同“伉”，并。轭(è)：车辕前套牲口用的横木，此作动词用，指负轭前行。亢轭：并驾齐驱。驽：劣马。⑨黄鹄(hú)：善飞的大鸟。鹜(wù)：鸭。⑩数：卦数。逮：及。这里的“不及”，是预料不到的意思。

【译文】

屈原被放逐后，多年还不能被赦罪召回得见楚怀王。他对国家竭尽心智以尽忠，却被奸佞所掩蔽阻挠。他心情烦闷思绪混乱，真不知该如何是好。于是他去拜访太卜郑詹尹，说道：“我心中有一些疑问，想请您帮我解答作个决定。”詹尹于是就摆正筮草，拂拭龟甲，问道：“先生有何指教？”

屈原道：“我是宁可诚恳忠贞地尽忠呢？或是媚世逢迎随欲周旋，而不至于穷困呢？宁可去锄掉茅草而努力耕作呢？或

是去逢迎有地位的人借以成名呢？宁可直言不讳以至危害到自身呢？或是随波逐流求取富贵欢愉偷生呢？宁可超然离世而隐居以保存自身的本性呢？或是巧言逢承，强颜欢笑，来侍奉女人呢？宁可廉洁正直以保持自身的纯洁呢？或是圆滑世故，如脂如草，来滋润楹柱呢？宁可高傲得像千里马那样昂然翘首呢？或是像野鸭一样在水中浮游，随波上下，苟且偷生以保全身躯呢？宁可与骐骥抗轭并驾呢？或是跟随劣马的足迹呢？宁可与黄鹄一道比翼齐飞呢？或是去和鸡鸭争食呢？以上所说这些，究竟什么是吉什么是凶呢？该舍弃什么？又该顺从什么？人世混浊而不清！人们认为蝉翼很重，却把千钧看得很轻。黄钟被人们毁坏抛弃不用，瓦釜却被敲得如雷鸣般响动。谗佞之人位高权重，十分显赫，贤良之士却屡遭遗弃，默默无闻。我悲叹这世间如此沉默，有谁能知道我的廉正忠贞？”

詹尹听后放下了筮草而抱歉地说：“唉！尺虽长也有嫌短的时候，寸虽短也有嫌长的时候；事物也有不足之处，智慧也有不能洞察之处；命运也不一定能够掌握，神灵也有不能通过的地方。顺应您的心意，去行使您的意愿。龟策实在不能知道这些事情。”

渔父

屈原既放，游于江潭，行吟泽畔，颜色憔悴，形容枯槁。渔父见而问之。曰："子非三闾大夫与[1]？何故至于斯？"

屈原曰："举世皆浊我独清，众人皆醉我独醒，是以见放。"

渔父曰："圣人不凝滞于物[2]，而能与世推移。世人皆浊，何不淈其泥而扬其波[3]？众人皆醉，何不餔其糟而歠其釃[4]？何故深思高举，自令放为[5]？"

屈原曰："吾闻之，新沐者必弹冠，新浴者必振衣[6]。安能以身之察察[7]，受物之汶汶者乎[8]？宁赴湘流，葬于江鱼之腹中。安能以皓皓之白，而蒙世俗之尘埃乎？"

渔父莞尔而笑，鼓枻而去[9]。歌曰："沧浪之水清兮，可以濯吾缨，沧浪之水浊兮，可以濯吾足[10]。"遂去，不复与言。

【注释】

①三闾大夫：楚官职名，掌管与教养楚国屈、景、昭三姓宗族子弟。这是屈原最后所担任的官职。②凝滞：水流不通，这里是拘泥的意思。物：外物。凝滞于物：受外物所限，只能适应某种客观环境。③淈（gǔ）：搅浑。④餔：食。糟：酒糟。歠（chuò）：

饮。醨(lí)：薄酒。⑤为：语气助词。⑥沐：洗头发。浴：洗身体。⑦察察：洁净的样子。⑧汶汶(wèn)：昏暗不明的样子。⑨莞尔：微笑的样子。鼓：击，拍打。枻(yì)：短桨。⑩沧浪：水名，或说是汉水的支流，或说是汉水。清水洗缨，浊水洗足，因时而异，即上文“不凝滞于物，而能与世推移”的意思。

【译文】

屈原被放逐后，就徘徊游荡在沅湘之间深渊之旁。他在江畔边走边低声吟唱。脸色憔悴，神态枯槁。渔父遇见了他就问道：“您不就是三闾大夫吗？为什么会沦落成这个模样？”

屈原回答说：“整个世界到处都是污浊只有我是清白的，大家都酒醉沉迷只有我清醒，因此我被放逐了。”

渔父说：“有德行的圣人不应该受事物所限制，而能随世俗而一起改变。既然世上的人都污浊一片，那您何不随着污秽之波而沉浮上下？大家都烂醉如泥，您为何不跟着一起吃酒糟喝其酒呢？为什么要忧思国民而与世俗相异背离，以至于让自己落了个被放逐的下场？”

屈原说：“我听说，刚洗过头的人一定要弹弹帽子再戴上，刚洗过澡的人一定要抖抖衣服再穿上。我怎能让清白干净的身体，沾染上污浊之物？我宁可跳到湘江之中随流而去，葬身江鱼之腹。我又怎能让纯洁的名声，蒙上世俗的污垢？”

渔父听了微微而笑，他摇起船桨顺水而去。唱道：“沧浪之水清清，可以洗涤我的帽缨，沧浪之水浊浊，可以洗涤我的脚。”于是他便远去了，不再说话。

汉魏晋南北朝诗

汉魏晋南北朝诗主要分为四大部分，即汉诗、魏诗、晋诗、南北朝诗，时间跨度为从汉朝建立之初到隋朝统一全国这漫长的八百多年。这一时期，我国诗歌获得空前发展。这一时期的诗歌创作，既是对《诗经》、《楚辞》光荣传统的继承与发扬，又为唐代诗歌的繁荣提供了必要准备，具有承前启后的重要意义。

中国诗歌发展从先秦到汉魏晋南北朝，到唐代达到顶峰，经历了一个循序渐进的发展过程。先有《诗经》、《楚辞》影响唐诗发展，后有汉魏晋南北朝诗影响唐诗发展。相对于《诗经》、《楚辞》对唐诗的影响，汉魏晋南北朝诗对唐诗的影响更大、更直接。

可以说，汉魏晋南北朝诗上承《诗经》、《楚辞》，下启唐代诗歌，具有重要意义。

刘邦

刘邦（公元前256～前195年），字季，沛县丰邑（今江苏徐州）人。在秦末农民战争中，登高一呼，天下英雄云集于其麾下，称“沛公”。公元前206年，他率军攻破咸阳灭秦，被义军盟主项羽封为汉王，封地为汉中、巴蜀（因此在战胜项羽后建国时，国号定为汉）；公元前202年，他灭项羽，建立汉朝，史称汉高祖。庙号为太祖，谥号高皇帝，因司马迁在《史记》中称其为汉高祖，后世多沿用此。在掌权八年（公元前202～前195年）期间，他在政治、经济等方面采取了许多进步措施，又先后平定了诸异姓王的叛乱，对中国的统一和强大、华夏文明的保护和发扬做出了突出贡献。这些都有利于西汉初年经济、中央集权及文化建设的恢复和巩固。刘邦的诗歌作品有《大风歌》和《鸿鹄歌》。

大风歌

大风起兮云飞扬①，威加海内兮归故乡②。安得猛士兮守四方③！

【注释】

①兮：语气助词，古音读如“阿”，犹今口语“啊”。

②加：凌驾。海内：四海之内，犹言“天下”。“威加海内”意谓“威震天下”。③安得：怎得。这句是说希望得到猛士镇守四方。

【诗解】

《大风歌》是汉朝刘邦所作的诗歌，生动地展示出他的矛盾心情。唐朝乐队有以此改编的同名歌曲。公元前 195 年，刘邦东讨淮南王英布，西归途中，路过他的家乡沛县，便邀集故人宴饮。在宴席上由一百二十个小儿歌唱助兴，刘邦击筑（一种弦乐器）并作了这首诗。刘邦在战胜项羽后，称帝建汉，《大风歌》表达了他一统天下的广阔胸怀，也流露了踌躇满志的情绪，但在其内心深处却隐藏着对当时局面虽已初定，但国家仍未稳定，特别是外族威胁严重存在的忧虑之情。诗风刚健豪放，雄视古今。

项　籍

项籍（公元前 232 ~ 前 202 年），字羽，历史上通常称之为项羽，秦下相（今江苏宿迁市）人。中国古代著名将领及政治人物，秦末时被楚怀王熊心封为鲁公，在公元前 207 年的决定性战役巨鹿之战中统率楚军大破秦军主力。公元前 206 年灭秦之后，自立为“西楚霸王”，统治黄河及长江下游的梁楚九郡。后在楚汉战争中为汉高祖刘邦所败，在乌江（今安徽和县）自刎而死。项羽是中国历史上以勇武著称的将领，古人对其有“羽之神勇，千古无二”的评价，“霸王”一词，专指项羽。

垓下歌

力拔山兮气盖世。时不利兮骓不逝[①]。骓不逝兮可奈何！虞兮虞兮奈若何[②]！

【注释】

①骓：青白杂色的马，是项羽常骑乘的一匹骏马。这句是说：虽乘乌骓骏马，也难突破汉军重围。②虞：项羽宠姬。若：你。这句是说：虞啊虞啊！我又如何安排你啊！

【诗解】

公元前202年，项羽兵败之后，驻军垓下，兵少食尽，被刘邦军队重重围困。夜晚，项羽听到四面楚歌，皆为汉军所唱，他认识到大势已去，与心爱的虞姬饮酒帐中，慷慨悲歌，唱出了这首流传千古的歌诗，生动表现了英雄末路、无可奈何的悲凉之情。

刘 彻

刘彻（公元前156～前87年），生于长安，幼名彘。他是汉景帝刘启的第十个儿子、汉文帝刘恒的孙子、汉高祖刘邦的曾孙。他是汉朝的第五位皇帝，即汉武帝，公元前140年至公元前87年在位。刘彻是一位拥有雄才大略的君主，他继承汉景帝的政策，对内完成真正统一，对外解除匈奴威胁；在政治上、经济上都实行了一些重要的改革措施。经过五十多年的经营，他使汉朝的文治武功都达到了前所未有的高度。

刘彻仿效古代采诗制度，创立乐府机关来掌管宫廷音乐，兼收集民间歌谣和乐曲，对乐府诗的发展起了一定推动作用。他本人也能歌善赋，今存《悼李夫人赋》一篇，《瓠子歌》二首，《秋风辞》和《李夫人歌》各一首。

瓠子歌

其 一

瓠子决兮将奈何[1]？浩浩洋洋兮闾殚为河！殚为河兮地不得宁，功无已时兮吾山平[2]。吾山平兮钜野溢[3]，鱼沸郁兮柏冬日[4]。正道弛兮离常流[5]，蛟龙骋兮方远游[6]。归旧川神哉沛[7]，不封禅兮安知外[8]？为我谓河伯兮何不仁，泛滥不止兮愁吾人。啮桑浮兮淮、泗满[9]，久不反兮水维缓[10]。

【注释】

①瓠(hù)子：地名，在今河南濮阳西南。②吾山：一名“鱼山”，在今山东东阿。这二句是说塞河久无功，洪水高与山平，人民不得安宁。③钜野：古泽薮名，又名“大野泽”，在今山东巨野北，北连梁山泊。④沸郁：同“沸渭”，众多之貌。柏：读与“迫”同，近。这二句是说河溢巨野，遍地皆鱼，虽然时已近冬，而洪水仍在泛滥。⑤正道：河的正道。《史记》误作“延道”，今据《汉书》校改。弛：坏。离：失。⑥骋：直驰。⑦旧川：指河的故道。沛：大。⑧封禅：古祭祀名，报天之功曰封，报地之功曰禅。这二句是说希望河伯用巨大神力，使黄河水还故道；我如不东禅泰山，又怎知函谷关外有如此严重水灾。⑨啮桑：地名，在江苏。浮：漂没。淮：水名，源出河南桐柏山，东流经安徽、江苏，至盱眙注入洪泽湖。泗：水名，源出山东泗水陪尾山，西南流经曲阜、兖州等，至济宁市南注入运河。⑩水维：颜师古注云：“水维，水之纲维也。”即水文、水流。这二句是说河决瓠子，溢入淮、泗，事已二十多年，尚不能使黄河北还故道，塞河工程进展太迟缓了。

【诗解】

历代黄河决口、黄河水患都是国人的心病，治理黄河是千古官民的大任。汉武帝元光三年（公元前 132 年），黄河在濮阳瓠子决口，东南入注淮、泗，使十六郡人民连年受灾。元封二年（公元前 109 年），武帝亲临瓠子决口，沉白马、玉璧以祭河神，并让将军以下的将士背柴来填塞黄河决口处。当时，东郡百姓烧火都用草，木柴很少，所以，武帝命令砍伐淇园的竹子，用以堵塞黄河决口处。梁、楚一代灾情严重，堵塞黄河决口用时长而作用小，武帝才写下了《瓠子歌》二首这样的痛悼之作。

其 二

河汤汤兮激潺湲，北渡迂兮浚流难[①]。搴长茭兮沉美玉[②]，河伯许兮薪不属[③]。薪不属兮卫人罪[④]，烧萧条兮噫乎何以御水[⑤]？颓林竹兮楗石菑[⑥]，宣房塞兮万福来[⑦]！

【注释】

①迂：远也。浚：疏导。这二句是说黄河往南决流，北道迂远，欲浚导之使其北归旧道，事极困难。②搴(qiān)：取。茭(jiào)：竹索。原作“茭”，据《汉书》颜师古注校改。③薪：草。属(zhǔ)：连缀。这二句是说沉美玉求河神保佑，伐淇园之竹塞决口，但柴薪不属，功难速成。“河伯许兮”句：犹上文“河伯不仁”之意。④卫：东郡瓠子，古卫国地。罪：过。⑤噫乎：感叹词。这二句是说东郡人皆烧草，田野萧条，无柴薪可供塞决。⑥颓：下坠也。楗(jiàn)：《汉书》作“揵”。沈钦韩云：“《元和志》：李冰作揵尾堰”，以防江决。破竹为笼，圆径三尺，长十丈，以石实中，累而壅水，此下竹为楗之法。”菑(zāi)：沈钦韩云：“菑，读如《诗笺》‘炽菑’之‘菑’，即《宋志》所云‘马头锯牙’也，俗谓之‘砚咀’。”这句是说下竹楗作为石菑(砚咀)，堵塞瓠子决口。⑦宣房：一作“宣防”，宫名，在今河南濮阳县西南瓠子堤上。瓠子塞决成功后，汉武帝立宫于堤上，名曰“宣

房宫”。

【诗解】

第二首是写塞河之事，祝其功成来福。

秋风辞

秋风起兮白云飞，草木黄落兮雁南归。兰有秀兮菊有芳[①]，怀佳人兮不能忘。泛楼船兮济汾河[②]，横中流兮扬素波[③]。箫鼓鸣兮发棹歌[④]，欢乐极兮哀情多[⑤]。少壮几时兮奈老何！

【注释】

①秀：草本植物开花叫“秀”。芳：香气。“兰有秀”与“菊有芳”是互文见义，兰有秀也有芳，菊有芳也有秀。②泛：浮。泛楼船，即“乘楼船”的意思。汾河：源出山西宁武管涔山，西南流纵贯全省，至万荣西北入黄河。③扬素波：激起

白色波浪。④棹（zhào）歌：划船时唱的歌。⑤极：尽。

【诗解】

汉元鼎四年（公元前113年），汉武帝刘彻率领群臣到河东郡汾阳县（今山西万荣北面）祭祀后土（土神），途中传来南征将士的捷报，而将当地改名为闻喜，沿用至今。

时值秋风萧瑟之际，鸿雁南归，汉武帝听说汾水旁边有火光腾起，就在那里立了一座后土祠来祭祠大地。之后他乘坐楼船泛舟汾河，饮宴中流，在舟中与群臣宴饮时作此诗。

这首诗有感叹人生易老的思想。

梁 鸿

梁鸿，字伯鸾，扶风平陵（今陕西咸阳市西北）人。东汉隐士，生卒年不详。太学生出身，家贫好学，崇尚气节。梁鸿做事很有自己的主张：一是职业上选择在上林苑养猪，一个有极高声望的学者不入仕，也不授徒，却以养猪安顿自己。二是婚姻上娶丑女孟光为妻。不久，两人共入霸陵山中，以耕织为业。一日，他来到京城洛阳，感慨于皇宫的巍峨，百姓的苦难，情不自禁写下了震动当时、流传后代的《五噫歌》。章帝读后大为不满，下令搜捕他，他于是更姓改名，避居于齐鲁。不久又南去吴郡（今江苏苏州市），病死在那里。

梁鸿著作十余篇，有集二卷，今已不传。诗作除《五噫歌》外，还有《适吴诗》和《思友诗》，均见《后汉书·梁鸿传》。

五噫歌

陟彼北芒兮[①]，噫[②]！顾瞻帝京兮[③]，噫！宫阙崔嵬兮[④]，噫！民之劬劳兮[⑤]，噫！辽辽未央兮[⑥]，噫！

【注释】

①陟：登高。北芒：一作“北邙”，又称邙山，在河南洛阳城北。②噫：感叹词。③顾瞻：看。一作“顾览”。帝京：洛阳。④宫阙：宫殿。崔嵬：高大貌。⑤劬（qú）劳：劳苦。⑥辽辽：远貌。这句是说：人民漫长的苦难没完没了。

【诗解】

这是一篇抨击朝廷大兴土木，劳民伤财的诗。一次，梁鸿路过京师洛阳，登北邙山远望，看见华丽的宫殿，联想到人民无穷尽的劳苦，触景生情，便作此诗。

诗的字里行间充满了对帝王穷奢极欲的谴责，以及对人民苦难的深切同情。后来，此诗被汉章帝读到，梁鸿极感不安，因而改名易姓，避居于齐鲁之间。

后世诗文中常

把告退或者写背时之作称作“赋五噫”。如宋代陆游诗《秋思》之句：“平生许国今何有，且拟梁鸿赋五噫。”

《五噫歌》五句成诗，五句同韵，五韵同字，古今罕见。五个“噫”字确实强化和突现了诗人的感慨。看来古人作诗形式灵活，言志为上，值得今人借鉴。清代张玉穀所著《古诗赏析》评云：“无穷悲痛，全在五个‘噫’字托出，真是创体。”

秦　嘉

秦嘉，字士会，陇西郡（治狄道，在今甘肃临兆南）人。东汉诗人，生卒年不详。桓帝时，为郡吏，后为郡上计入京，被任为黄门郎。数年后病死于津乡亭。秦嘉的作品今存者只有《与妻徐淑书》、《重报妻书》两篇文章和《赠妇诗》三首。

赠妇诗

其　一

人生譬朝露，居世多屯蹇[①]。忧艰常早至，欢会常苦晚。念当奉时役[②]，去尔日遥远。遣车迎子还，空往复空返[③]。省书倍凄怆，临食不能饭。独坐空房中，谁与相劝勉？长夜不能眠，伏枕独辗转。忧来如循环，匪席不可卷[④]。

【注释】

①屯蹇(jiǎn):《周易》上的两卦名，都是表示艰难不顺之义。故人们通常用此语以指艰难阻滞。②奉时役：即指为上计吏被派遣入京。③遣车迎子：秦嘉入京离家时，其妻徐淑正卧病在其父母处。秦嘉当时曾派车去接她，还给她写了一封信(《与妻徐淑书》)。不知因何原因，徐淑未回，只是给他写了一封回信。子，古代尊称对方，犹如今之称“您”。④匪席不可卷:《诗经·柏舟》:“我心匪席，不可卷也。”原义是以“席子可卷，人心不可卷”，来说明自己的思想意志不可改变，这里是借以说自己的忧愁无法收拾。匪，同“非”。

其 二

肃肃仆夫征[1]，锵锵扬和铃[2]。清晨当引迈[3]，束带待鸡鸣。顾看空室中[4]，髣髴想姿形[5]。一别怀万恨，起坐为不宁。何用叙我心，遗思致款诚[6]。宝钗好耀首，明镜可鉴形。芳香去垢秽，素琴有清声[7]。诗人感木瓜，乃欲答瑶琼[8]。愧彼赠我厚，惭此往物轻。虽知未足报，贵用叙我情[9]。

【注释】

①肃肃：疾速的样子。仆夫：车夫。②和铃：古代车上系着的铃。系于轼者谓之和，系于衡者谓之鸾。③引迈：起程，上路。迈，远行。④顾看：回望。⑤髣髴：同“仿佛”，隐隐约约的样子。⑥遗思：指写信，即《重报妻书》。⑦宝钗、明镜、芳

香、素琴是秦嘉临行前留赠徐淑的东西。其《重报妻书》有云："间得此镜，既明且好，形观文彩，世所稀有，意甚爱之，故以相与。并致宝钗一双，价值千金。龙虎组履一緉（一双），好香四种各一斤。素琴一张，常所自弹也。明镜可以鉴形，宝钗可以耀首，芳香可以馥身去秽，麝香可以辟恶气，素琴可以娱耳。"诗中乃又重述其意。⑧诗人：指《诗经》的作者。《诗经·卫风·木瓜》："投我以木瓜，报之以琼琚"；"投我以木桃，报之以琼瑶"。都是说要拿更好更珍贵的东西报答对方。⑨用：以。最后二句是说：虽知我这点微薄之物不能报答你对我的深恩，但可贵的是可以用它来表达一点我的心情。

【诗解】

秦嘉的《赠妇诗》共三首，是秦嘉为郡上计入京前写给妻子徐淑的。这里选的是第一首和第三首。作品表现了诗人对妻子的想念和留恋，表现了夫妻之间的深情厚意。这首诗感情真挚，是早期比较成熟的文人五言诗。

战城南

战城南，死郭北①，野死不葬乌可食②。为我谓乌："且为客豪③！野死谅不葬④，腐肉安能去子逃⑤！"水深激激⑥，蒲苇冥冥⑦，枭骑战斗死⑧，驽马徘徊鸣⑨。

梁筑室⑩，何以南，何以北⑪？禾黍不获君何食⑫？愿为忠臣安可得？思子良臣⑬，良臣诚可思：朝行出攻，暮不夜归⑭！

【注释】

①郭：外城。这两句中的城南、城北为互文见义，是说城南、城北都有战争，也都有战死的人。②野死：战死荒野。乌：乌鸦。传说乌鸦嗜食死尸腐肉。这句是说：战士尸遗荒野，正好供乌鸦啄食。“乌可食”三字极写作者哀悼之情。③客：指战死者，死者多为异乡人，故称之为“客”。豪：“嚎”的借字，今通作“号”，号哭。④谅：揣度之词，犹今口语“想必”。⑤安能：怎能。子：指乌。这三句是作者对乌鸦的要求。余冠英说：“古人对于新死者，须行招魂的礼，招时且号且说，就是‘号’。诗人要求乌先为死者招魂，然后吃他。”⑥激激：清澈的样子。⑦冥冥：幽暗的样子。这里指蒲苇的葱郁。⑧枭骑：勇健的骑兵战士。枭：勇。⑨驽（nú）马：劣马。徘徊：彷徨不进的样子。⑩梁筑室：指战争中在桥上构筑工事营垒。梁，桥。一说，梁，表声的字。⑪何以北：一作“梁何北”。这两句是说：桥上构筑了营垒，河南、河北的交通断绝。⑫禾黍：泛指田野种植的谷物。这句是说：战争影响生产，禾黍不获，租赋则无所出。⑬子良臣：指战死者。⑭这两句指战士出攻阵亡。

【诗解】

这是一首哀悼阵亡战士、诅咒战争的诗。诗歌通过描写前方战士暴尸荒野、后方田园荒芜、禾黍不获的景象，谴责了连年战争给人民带来的灾难，这是作者面对死者对战争的思索。

上　邪

上邪[①]！我欲与君相知[②]，长命无绝衰[③]。山无陵[④]，江水为竭，冬雷震震[⑤]，夏雨雪[⑥]，天地合[⑦]，乃敢与君绝[⑧]！

【注释】

①上邪：犹言“天啊”。上，指天。邪，同“耶”。②相知：相爱。③命：古与“令”字通，使。这两句是说：我愿与你相爱，让我们的爱情永不衰绝。④陵：大土山。⑤震震：雷声。⑥雨雪：降雪。⑦天地合：天与地合而为一。⑧乃敢：才敢。“敢”字是委婉的用语。

【诗解】

这是一篇女子自誓之辞。以女子的口吻抒写，表达对爱情的矢志不渝。从内容来看，诗中连用五件不可能有的事为誓，用以表示她认定了自己选择的男人值得去爱。从表现手法来讲，叙写五事，或用三言，或用四言，语句跌宕，毫不露排比的痕迹，生动而深刻

地展示了主人公的性格特征。

江　南

江南可采莲，莲叶何田田[1]！鱼戏莲叶间。鱼戏莲叶东，鱼戏莲叶西，鱼戏莲叶南，鱼戏莲叶北[2]。

【注释】

①田田：莲叶浮水之貌。②这四句是明写鱼游，隐喻青年男女在劳动过程中的嬉戏。

【诗解】

这是一首优美的民歌，它生动地描绘了江南人采莲时的欢乐情景。《乐府解题》云：“《江南》，古辞，盖美芳晨丽景，嬉游得时也。”

平陵东

平陵东[1]，松柏桐[2]，不知何人劫义公[3]。劫义公，在高堂下[4]，交钱百万两走马[5]。两走马，亦诚难，顾见追吏心中恻[6]。心中恻，血出漉[7]，归告我家卖黄犊。

【注释】

①平陵：汉昭帝墓，在今陕西咸阳市西北。②松柏桐：指墓地。仲长统《昌言》说：“古之葬者，松、柏、梧桐以识

坟。”③义公：古时对“好人”的美称。一说，义公是姓义的人。④高堂：指官府衙门。⑤走马：善跑的马。这句意思是说：官吏责令义公必须交钱百万外加两匹好马，而后才能获得释放。⑥顾见：“顾”、“见”二字同义，看见。追吏：逼索财物的官吏。恻：悲痛。⑦漉：渗出。这句是说：因悲痛心血都要渗出来了。一说，“漉”作“流尽”解。

【诗解】

这是一首控诉贪官酷吏恶行的诗。全诗通过义公被绑架、受勒索这一事件，揭示了官吏敲诈良民，使无辜百姓倾家荡产的社会现实，从而控诉了贪官酷吏无法无天的暴行。本诗使用民歌中常用的“顶针续麻”手法，每三句一节，每节的第一句，都重复上一句的最后三个字，这是用反复吟咏，以加强诗的抒情气氛。

陌上桑

日出东南隅[①]，照我秦氏楼。秦氏有好女[②]，自名为罗敷[③]。罗敷喜蚕桑[④]，采桑城南隅。青丝为笼系[⑤]，桂

枝为笼钩[6]。头上倭堕髻[7]，耳中明月珠[8]，缃绮为下裙[9]，紫绮为上襦[10]。行者见罗敷，下担捋髭须[11]。少年见罗敷，脱帽著帩头[12]。耕者忘其犁，锄者忘其锄。来归相怨怒，但坐观罗敷[13]。（一解）

使君从南来[14]，五马立踟蹰[15]。使君遣吏往，问是谁家姝[16]。“秦氏有好女，自名为罗敷。”“罗敷年几何？”“二十尚不足，十五颇有余[17]。”使君谢罗敷[18]：“宁可共载否[19]？”罗敷前置辞[20]：“使君一何愚[21]！使君自有妇，罗敷自有夫。”（二解）

“东方千余骑，夫婿居上头[22]。何用识夫婿[23]？白马从骊驹[24]，青丝系马尾[25]，黄金络马头；腰中鹿卢剑[26]，可直千万余[27]。十五府小吏[28]，二十朝大夫[29]，三十侍中郎[30]，四十专城居[31]。为人洁白皙[32]，鬑鬑颇有须[33]。盈盈公府步[34]，冉冉府中趋[35]。坐中数千人，皆言夫婿殊[36]”。（三解）

【注释】

①日出东南隅：春天日出东南方。这句点出采桑养蚕的节令。②好女：美女。③自名：自道姓名。一说，“自名”犹言“本名”。④喜：一作“善”。⑤青丝：青色丝绳。笼：指采桑用的竹篮。⑥笼钩：竹篮上的提柄。⑦倭堕髻：即“堕马髻”，其髻偏在一边，呈欲堕之状，是东汉时一种时兴的发式。⑧明月珠：宝珠名。据《后汉书·西域传》说，大秦国（古指罗马帝国）产明月

珠。⑨缃（xiāng）：浅黄色。⑩襦：短衣。⑪捋（lǚ）：用手顺着抚摩。髭（zī）：口上边的胡子。⑫著：显露。帩（qiào）头：同“绡头”，古人束发用的纱巾。⑬坐：因。这二句是说耕者、锄者因观罗敷晚归，引起夫妻争吵。⑭使君：东汉人对太守、刺史的称呼。⑮五马：闻人倓《古诗笺》云：汉制“太守驷马而已，其有加秩中二千石，乃右骖（驷马的右边加一骖马），故以‘五马’为太守美称。”⑯姝：美女。⑰颇：少，略微。⑱谢：问。⑲宁可：愿意。《说文》徐锴注云：“今人言宁可如此，是愿如此也。”这二句是吏人转达太守对罗敷的问语，是说使君问你，愿否同他一道乘车而去。⑳置辞：同“致辞”，答话。㉑一何：犹“何其”，相当今口语“何等地”、“多么地”。一，语助词。㉒上头：行列的最前面。㉓何用：是“用何”的倒语，意即“根据什么……”。㉔骊驹：深黑色的小马。㉕系（jì）：绍结。㉖鹿卢：同“辘轳”，古时长剑之首用玉做鹿卢形。㉗直：同“值”。以上四句是罗敷夸耀其夫的高贵服饰，借以说明其夫的高贵身份。㉘府小吏：太守府的小吏。“十五”及下文的“二十”、“三十”、“四十”皆指年龄。㉙朝大夫：在朝廷任大夫的官职。㉚侍中郎：皇帝的侍从官。㉛专城居：为一城之主，如太守、刺史之类的大官。这四句是罗敷夸其丈夫官运亨通，步步高升。㉜洁白皙：面容白净。㉝鬑鬑（lián）：鬓发疏长之貌。这句是说略有一些疏而长的美须。㉞盈盈：行步轻盈之貌。“公府步”、“府中趋”，犹旧日所谓的“官步”。㉟冉冉：行步舒缓之貌。㊱殊：是人才出众的意思。

【诗解】

这首诗写的是聪慧的采桑女罗敷巧妙拒绝太守无理调戏的故事。本诗在揭露汉代高官大吏横暴荒淫的同时，成功塑造了罗敷这个美丽坚贞、有勇有谋的妇女形象。此外，该诗在艺术上别具一格。比如诗中写罗敷的美貌一节，除一句正面描写之外，其余全是侧面描写（就是从看见罗敷的人的失常神态、举止去写），由此可见罗敷之美。

本诗分三解。“解”相当于“章”，就是乐诗的段落。

长歌行

青青园中葵①，朝露待日晞②。阳春布德泽③，万物生光辉④。常恐秋节至，焜黄华叶衰⑤。百川东到海，何时复西归？少壮不努力，老大徒伤悲！

【注释】

①葵：有锦葵、蜀葵等。这里代指花草树木。②晞（xī）：因日晒而干。③阳春：春天。德泽：恩惠，这里指春天的阳光雨露。④这两句是说：春天的阳光雨露，使万物都焕发出生命的光彩。⑤焜（kūn）黄：植物枯黄之貌。华：同“花”。衰，音 cuī。

【诗解】

《长歌行》共三首，这是其中的第一首。这首诗借抒写万物盛衰有时，来慨叹人应当奋发自励。

东门行

出东门，不顾归①。来入门，怅欲悲②。盎中无斗米储③，还视架上无悬衣④。拔剑东门去⑤，舍中儿母牵衣啼⑥："他家但愿富贵⑦，贱妾与君共哺糜⑧。上用仓浪天故⑨，下当用此黄口儿⑩。今非⑪！""咄⑫！行！吾去为迟！白发时下难久居⑬。"

【注释】

①顾：思，念。②怅：失意的样子。③盎(àng)：肚大口小的瓦罐。④架：衣架。⑤这句是说男主人公决定出走。⑥舍中儿母：指主人公的妻子。⑦他家：别家。⑧哺(bǔ)：吃。糜：粥。⑨用：因。仓浪天：苍天。仓浪，乃叠韵联绵字，青苍色。⑩黄口儿：幼儿。这二句是妻子用天道、人情劝说丈夫安贫

守法。⑪今非：是说今去铤而走险不对。⑫咄（duō）：指丈夫因妻子一再劝阻而发出的埋怨声。⑬这四句是说：我要走了！我现在出门都已经晚了！我头上的白发已不时地脱落，实难再在家久待了！

【诗解】

这首诗描写一个男子因为对于官府的残酷压榨忍无可忍，被迫铤而走险。诗中不仅细致地描绘了主人公的具体行动和内心矛盾，还通过你来我往的两段感人对话，使人物形象栩栩如生，跃然纸上。

饮马长城窟行

青青河畔草，绵绵思远道[1]。远道不可思[2]，宿昔梦见之[3]。梦见在我傍，忽觉在他乡[4]。他乡各异县，展转不相见[5]。枯桑知天风，海水知天寒[6]。入门各自媚[7]，谁肯相为言[8]！

客从远方来，遗我双鲤鱼[9]。呼儿烹鲤鱼，中有尺素书[10]。长跪读素书[11]，其中意何如：上言加餐饭[12]，下言长相忆[13]。

【注释】

①绵绵：连绵不断之貌。这里义含双关，由看到连绵不断的青青春草，而引起对征人缠绵不断的情思。远道：犹言“远方”。②不可思：是无可奈何的反语。这句是说征人辗转远方，想也是

白想。③宿昔：一作“夙昔”，昨夜。《广雅》云：“昔，夜也。”④这二句是说：刚刚还见他在我身边，一觉醒来，原是南柯一梦。⑤展转：同“辗转”。不相见：一作“不可见”。⑥枯桑知天风，海水知天寒：闻一多《乐府诗笺》云：“喻夫妇久别，口虽不言而心自知苦。”⑦媚：爱。⑧言：《广雅》云：“言，问也。”这二句是说别人回到家里，只顾自己一家人亲亲热热，可又有谁肯来安慰我一声？⑨双鲤鱼：指信函。古人寄信是藏于木函中，函用刻为鱼形的两块木板制成，一盖一底，所以称之为“双鲤鱼”。以鱼象征书信，是我国古代习用的比喻。⑩尺素：指书信。古人写信是用帛或木板，其长皆不过尺，故称“尺素”或“尺牍”。这句是说打开信函取出信。⑪长跪：古代的一种跪姿。古人日常都是席地而坐，两膝着地，犹如今日之跪。长跪是将上躯直耸，以示恭敬。⑫餐饭：一作“餐食”。⑬这二句是说：信里先说的是希望妻子保重，后又说他在外对妻子十分想念。

【诗解】

这是一首妻子思念丈夫的诗。上半部分抒写妻子因为丈夫久出不归，日夜思念的孤独凄凉之情；下半部分写妻子捧读丈夫来信时的惊喜情状。本诗形象生动，情真意切，读之如闻其声，如见其人。

孤儿行

孤儿生，孤儿遇①，生命独当苦。父母在时，乘坚车，驾驷马。父母已去②，兄嫂令我行贾③。南到九江④，东到齐与鲁⑤。腊月来归，不敢自言苦。头多虮虱，面目多尘土⑥。大兄言办饭，大嫂言视马⑦。上高堂⑧，行取殿下堂⑨，孤儿泪下如雨。使我朝行汲，暮得水来归。手为错⑩，足下无菲⑪。怆怆履霜⑫，中多蒺藜；拔断蒺藜肠肉中⑬，怆欲悲。泪下渫渫⑭，清涕累累。冬无复襦⑮，夏无单衣。居生不乐，不如早去⑯，下从地下黄泉⑰。春气动，草萌芽。三月蚕桑，六月收瓜。将是瓜车⑱，来到还家。瓜车反覆⑲，助我者少，啗瓜者多⑳。“愿还我蒂㉑，兄与嫂严，独且急归㉒，当兴校计㉓。”

乱曰：里中一何譊譊㉔，愿欲寄尺书㉕，将与地下父母㉖：兄嫂难与久居。

【注释】

①遇：遭遇。②已去：已死。③行贾（gǔ）：出外经商。行贾，在汉代被看作贱业。④九江：指九江郡，西汉治寿春，东汉治阴陵。⑤齐：西汉置齐郡，东汉为齐国，治临淄，今山东淄博

市临淄城北。鲁：汉鲁国治鲁县，即今山东曲阜。⑥这句原作“面目多尘”，刘兆吉在《关于孤儿行》一文中说，句末可能脱“土”字，今据补。⑦视马：照看骡马。⑧高堂：正屋，大厅。⑨行：复。取：“趣”字的省文。趣，古同“趋”，急走。⑩手为错：是说两手皴裂如错石（磨刀石）。一说，“错”应读为“皵”（què），皮肤皴裂。⑪菲：与“扉”通，草鞋。⑫怆怆：悲伤之貌。一说，“怆怆”应读为“跄跄”，疾走之貌。履霜：踏着冬霜。⑬肠：即“腓肠”，是足胫后面的肉。⑭渫渫（xiè）：泪流之貌。⑮复襦：短夹袄。⑯早去：早死。⑰黄泉：犹言“地下”。这三句是说活在世上受苦，还不如早点死去，到地下跟随在父母身边。⑱将是瓜车：推着瓜车。将，推。是，此、这。⑲反覆：同“翻覆”。⑳啗：同“啖”，吃。㉑蒂：瓜蒂。俗称“瓜把儿”。㉒独且：据王引之说，“独”犹“将”。且：句中语助词。㉓校计：犹“计较”。这四句是说：我要赶快回家了，希望你们将瓜蒂还给我，因为哥嫂待我刻薄，又要有一番争吵。㉔里中：犹言“家中”。譊譊：吵闹声。这句是说孤儿远远就听到兄嫂在家中叫骂。㉕尺书：书信。㉖将与：捎给。

【诗解】

这首诗讲述了一个孤儿遭受兄嫂虐待的故事。所写虽然只是一个家庭事件，却反映出整个宗法社会的残酷剥削和压迫。作者在诗中倾注了对孤儿的无限同情，具有广泛的社会意义。

本诗所写的故事曲折多变。诗的首三句点出“孤儿苦”，是全诗的基调。接着通过孤儿“行贾”、“行汲”、“收瓜”三个小故事，抒写兄嫂对幼弟的百般虐待。此外，本诗文字波澜起伏，有很强的感人力量。

白头吟

皑如山上雪①，皎若云间月②。闻君有两意③，故来相决绝④。今日斗酒会⑤，明旦沟水头⑥，躞蹀御沟上⑦，沟水东西流。凄凄复凄凄⑧，嫁娶不须啼。愿得一心人，白头不相离。竹竿何嫋嫋⑨，鱼尾何簁簁⑩。男儿重意气⑪，何用钱刀为⑫！

【注释】

①皑：白。②皎：洁白。③两意：犹“二心”，与下文“一心”相对。④决绝：断绝。决，一作“诀”。⑤斗：酒器。⑥明旦：明日。⑦躞(xiè)蹀(dié)：小步徘徊的样子。御沟：指环绕宫墙或流经宫苑的渠水。⑧凄凄：悲伤之貌。⑨嫋嫋：嫋，同“袅”，细长柔软。⑩簁簁：余冠英以为犹“漇漇”，形容鱼尾像濡湿的羽毛。在中国歌谣里，钓鱼常是男女求偶的象征隐语。这两句意思是说：二人在情意相投的时候，正如用竹竿钓鱼一样，竹

竿是多么柔长，鱼又是多么欢悦活泼。⑪意气：情义。⑫钱刀：钱币。刀，刀币。为：语末疑问词。这二句是说：男子应当重爱情，而今何以为了钱刀而抛弃了我。

【诗解】

这首诗的作者是汉代名女子卓文君。相传，司马相如发迹后，渐渐耽于享乐，日日周旋在脂粉堆里，直至欲纳茂陵女子为妾。卓文君忍无可忍，因而作了这首《白头吟》，呈递相如。随诗并附书曰："春华竞芳，五色凌素，琴尚在御，而新声代故！锦水有鸳，汉宫有水，彼物而新，嗟世之人兮，瞀于淫而不悟！朱弦断，明镜缺，朝露晞，芳时歇，白头吟，伤离别，努力加餐勿念妾，锦水汤汤，与君长诀！"司马相如读完这一诗一书后，回忆起当年的夫妻恩爱，便放弃纳妾念头，夫妇和好如初。

梁甫吟

步出齐城门①，遥望荡阴里②。里中有三墓，累累正相似③。问是谁家墓，田疆古冶子④，力能排南山⑤，文能绝地纪⑥。一朝被谗言⑦，二桃杀三士。谁能为此谋？国相齐晏子⑧。

【注释】

①齐城：齐都临淄，在今山东淄博市临淄城北八里。②荡阴里：又名"阴阳里"，在今临淄城南。③累累：连缀之貌。这二句

是说三坟相邻，坟形大略相似。④田疆古冶子：据《晏子春秋·谏下篇》载，公孙接、田开疆和古冶子三人，侍奉齐景公，以勇力闻名于世。晏婴认为他们三人“上无君臣之义，下无长率之伦，内不以禁暴，外不可威敌，此危国之器也”。劝景公设计除掉他们，景公同意了他的意见，因将二桃赠给三士，让他们计功食桃。公孙接自报有搏杀乳虎的功劳，田开疆自报曾两次力战却敌，于是各取了一桃。最后古冶子说：“当年我跟随君上渡黄河，战车的骖马被大鼋鱼衔入砥柱中流，我年少又不会游水，却潜行逆流百步，顺流九里，杀死了大鼋鱼。当我左手牵着马，右手提着鼋头跳出水面的时候，岸上的人们都误认为是河伯。可以说我最有资格吃桃子，二位何不还回桃子？”公孙接、田开疆二人听后皆羞愧自刎而死。古冶子见此，凄然地说：“二友皆死，而我独生，不仁；盛夸己功，羞死二友，不义；所行不仁又不义，不死则不算勇士。”因此，他也自刎而死。⑤排：推也，这里是“推倒”的意思。南山：指齐城南面的牛山。⑥绝：毕，尽。地纪：犹“地纲”。“天纲”与“地纪”，指天地间的大道理，如“仁”、“义”、“礼”、“智”、“信”等。这二句是说三士文武兼备，既有排倒南山的勇力，又深明天地纲纪的真谛。一说，三士以勇力出名，无所谓文，“文”当作“又”。这两句诗，似本《庄子·说剑篇》：“此剑上决浮云，下绝地纪。”《庄子》两句都是说剑，这两句都是说勇。“地纪”就是地基。⑦一朝：一旦。⑧晏子：齐国大夫晏婴，历经灵公、庄公、景公三朝，乃齐国名相。

【诗解】

本诗原本是写春秋时齐相晏子“二桃杀三士”的故事，目的是悼念三士无罪被杀。后来才流传为一般葬歌。旧题诸葛亮作，前人已辨其非。

怨歌行

新裂齐纨素[1]，鲜洁如霜雪[2]。裁为合欢扇[3]，团团似明月[4]。出入君怀袖，动摇微风发。常恐秋节至，凉飚夺炎热[5]。弃捐箧笥中[6]，恩情中道绝。

【注释】

①裂：截断，指布织成匹时从织机上扯下来。新裂：犹言“新织成”。齐纨素：齐国所产纨、素最有名，代指精美的绢。②鲜洁：《文选》作“皎洁”。③合欢：古代一种图案花纹，用以象征和合欢乐之义。汉诗中还有“合欢襦”、“合欢被”等词，都是因为襦上、被上有合欢图案而云。④团团：圆。⑤飚：疾风。一作“风”。这句是说秋风吹走炎热。⑥箧(qiè)笥(sì)：小箱。

【诗解】

总体而言，这首诗抒写了上层贵族妇女失宠后的悲凉与不平。具体而言，这首诗把扇比作女子，以秋至天凉团扇就被“弃捐箧笥中”，隐喻男子一旦变心，女子就将被无情抛弃。

悲　歌

悲歌可以当泣[1]，远望可以当归[2]。思念故乡，郁郁累累[3]。欲归家无人，欲渡河无船。心思不能言[4]，肠中车轮转[5]。

【注释】

①可以：这里是“聊以”的意思。当（dāng）：代替。②这二句的意思是：“惟其欲泣，所以悲歌；惟不能归，所以远望”（张玉谷《古诗赏析》）。③郁郁：愁闷之貌。累累：失意之貌。④思：悲也。⑤这二句是说：思乡的悲愁憋闷在心里，就像车轮在肚肠中滚来转去。

【诗解】

这首诗抒写了游子思乡的情怀。以自然淳朴的语句，描绘了游子千回百转的深切愁思。

古诗为焦仲卿妻作并序

汉末建安中[①]，庐江府小吏焦仲卿妻刘氏[②]，为仲卿母所遣，自誓不嫁。其家逼之，乃投水而死。仲卿闻之，亦自缢于庭树。时人伤之，而为此辞也。

孔雀东南飞，五里一徘徊。“十三能织素，十四学裁衣，十五弹箜篌，十六诵诗书。十七为君妇，心中常苦悲。君既为府吏，守节情不移，贱妾留空房，相见常日稀。鸡鸣入机织，夜夜不得息。三日断五匹[③]，大人故嫌迟[④]。非为织作迟，君家妇难为。妾不堪驱使，徒留无所施。便可白公姥[⑤]，及时相遣归[⑥]。”

府吏得闻之，堂上启阿母：“儿已薄禄相[⑦]，幸复得此妇。结发同枕席，黄泉共为友。共事二三年，始尔未为久。女行无偏斜，何意致不厚[⑧]？”阿母谓府吏：“何乃太区区[⑨]！此妇无礼节，举动自专由。吾意久怀忿，汝岂得自由？东家有贤女，自名秦罗敷。可怜体无比[⑩]，阿母为汝求。便可速遣之，遣去慎莫留！”府吏长跪告，伏惟启阿母：“今若遣此妇，终老不复取！”阿母得闻之，槌床便大怒：“小子无所畏，何敢助妇语！吾已失恩义[⑪]，会不相从许[⑫]！”

府吏默无声，再拜还入户。举言谓新妇，哽咽不能语[⑬]：“我自不驱卿[⑭]，逼迫有阿母。卿但暂还家，吾

今且报府[15]，不久当归还，还必相迎取。以此下心意[16]，慎勿违吾语。”新妇谓府吏：“勿复重纷纭[17]！往昔初阳岁[18]，谢家来贵门[19]。奉事循公姥，进止敢自专[20]？昼夜勤作息，伶俜萦苦辛。谓言无罪过，供养卒大恩[21]。仍更被驱遣，何言复来还？妾有绣腰襦[22]，葳蕤自生光[23]。红罗复斗帐，四角垂香囊。箱帘六七十，绿碧青丝绳。物物各自异，种种在其中。人贱物亦鄙，不足迎后人[24]，留待作遗施[25]，于今无会因[26]。时时为安慰，久久莫相忘。”

鸡鸣外欲曙，新妇起严妆[27]。著我绣裌裙[28]，事事四五通：足下蹑丝履，头上玳瑁光。腰若流纨素，耳著明月珰[29]。指如削葱根，口如含朱丹[30]。纤纤作细步[31]，精妙世无双。上堂谢阿母，母听去不止[32]。“昔作女儿时，生小出野里，本自无教训，兼愧贵家子。受母钱帛多[33]，不堪母驱使。今日还家去，念母劳家里。”却与小姑别，泪落连珠子：“新妇初来时，小姑始扶床，今日被驱遣，小姑如我长[34]。勤心养公姥，好自相扶将。初七及下九[35]，嬉戏莫相忘”。出门登车去，涕落百余行。

府吏马在前，新妇车在后，隐隐何甸甸[36]，俱会大道口。下马入车中，低头共耳语：“誓不相隔卿[37]，且暂还家去，吾今且赴府。不久当还归，誓天不相负。”

新妇谓府吏：“感君区区怀[38]。君既若见录[39]，不久望君来。君当作磐石[40]，妾当作蒲苇[41]。蒲苇纫如丝，磐石无转移。我有亲父兄，性行暴如雷，恐不任我意，逆以煎我怀。”举手长劳劳[42]，二情同依依。

入门上家堂，进退无颜仪[43]。阿母大拊掌[44]：“不图子自归[45]！十三教汝织，十四能裁衣，十五弹箜篌，十六知礼仪，十七遣汝嫁，谓言无誓违[46]。汝今何罪过，不迎而自归？”“兰芝惭阿母[47]，儿实无罪过。”阿母大悲摧。

还家十余日，县令遣媒来。云有第三郎，窈窕世无双，年始十八九，便言多令才[48]。阿母谓阿女：“汝可去应之。”阿女衔泪答[49]：“兰芝初还时，府吏见丁宁[50]，结誓不别离。今日违情义，恐此事非奇[51]。自可断来信，徐徐更谓之[52]。”阿母白媒人：“贫贱有此女[53]，始适还家门[54]；不堪吏人妇，岂合令郎君[55]？幸可广问讯[56]，不得便相许。”

媒人去数日，寻遣丞请还，说有兰家女，承籍有宦官。云有第五郎，娇逸未有婚，遣丞为媒人，主簿通语言。直说太守家，有此令郎君，既欲结大义，故遣来贵门。阿母谢媒人：“女子先有誓，老姥岂敢言？”阿兄得闻之，怅然心中烦[57]。举言谓阿妹：“作计何不量[58]！

先嫁得府吏，后嫁得郎君，否泰如天地[59]，足以荣汝身。不嫁义郎体，其往欲何云[60]？”兰芝仰头答：“理实如兄言。谢家事夫婿，中道还兄门，处分适兄意[61]，那得自任专？虽与府吏要[62]，渠会永无缘[63]！登即相许和[64]，便可作婚姻。”

媒人下床去，诺诺复尔尔[65]。还部白府君[66]：“下官奉使命，言谈大有缘。”府君得闻之，心中大欢喜。视历复开书[67]，便利此月内，六合正相应。“良吉三十日，今已二十七，卿可去成婚。”交语速装束，络绎如浮云。青雀白鹄舫，四角龙子幡[68]，婀娜随风转。金车玉作轮，踯躅青骢马[69]，流苏金镂鞍[70]。赍钱三百万，皆用青丝穿。杂彩三百匹，交、广市鲑珍[71]。从人四五百，郁郁登郡门[72]。

阿母谓阿女：“适得府君书，明日来迎汝。何不作衣裳？莫令事不举[73]！”阿女默无声，手巾掩口啼，泪落便如泻。移我琉璃榻[74]，出置前窗下。左手持刀尺，右手执绫罗，朝成绣夹裙，晚成单罗衫。晻晻日欲暝[75]，愁思出门啼。

府吏闻此变，因求假暂归。未至二三里，摧藏马悲哀。新妇识马声，蹑履相逢迎，怅然遥相望，知是故人来。举手拍马鞍，嗟叹使心伤。“自君别我后，人事不可量，果不如先愿，又非君所详。我有亲父母，逼迫兼弟兄，以我应他人，君还何所望[76]！”府吏谓新妇:“贺卿得高迁[77]！磐石方且厚，可以卒千年[78];蒲苇一时纫，便作旦夕间[79]。卿当日胜贵，吾独向黄泉。”新妇谓府吏：“何意出此言！同是被逼迫，君尔妾亦然。黄泉下相见，勿违今日言！”执手分道去，各各还家门。生人作死别，恨恨那可论！念与世间辞，千万不复全[80]。

府吏还家去，上堂拜阿母：“今日大风寒，寒风摧树木，严霜结庭兰[81]。儿今日冥冥[82]，令母在后单。故作不良计，勿复怨鬼神！命如南山石，四体康且直[83]。”阿母得闻之，零泪应声落。“汝是大家子，仕宦于台阁[84]。慎勿为妇死，贵贱情何薄[85]？东家有贤女，窈窕艳城郭。阿母为汝求，便复在旦夕。”府吏再拜还，长叹空房中，作计乃尔立[86]。转头向户里，渐

见愁煎迫。

其日牛马嘶[87]，新妇入青庐[88]。晻晻黄昏后，寂寂人定初[89]。“我命绝今日，魂去尸长留。”揽裙脱丝履，举身赴清池[90]。府吏闻此事，心知长别离。徘徊庭树下，自挂东南枝。

两家求合葬，合葬华山傍。东西植松柏，左右种梧桐。枝枝相覆盖，叶叶相交通[91]。中有双飞鸟，自名为鸳鸯，仰头相向鸣[92]，夜夜达五更。行人驻足听[93]，寡妇起彷徨。多谢后世人，戒之慎勿忘[94]。

【注释】

①建安：东汉献帝年号，公元196年至219年。建安中，即建安年间。②庐江府：汉代郡名，郡治起初在今安徽庐江西，汉末迁徙到今安徽潜山。府，指郡守的官府。③断：把织成的布截断，从织机上取下来。匹：同“疋”，据《汉书·食货志》记载，当时布帛幅宽二尺二寸、长四丈为一匹。④大人：对长辈的尊称，这里是兰芝称呼其婆母。故：故意。⑤白公姥（mǔ）：禀告婆母。公姥，公婆，从全诗看，仲卿父已不在，所以公姥在这里是偏义复词，指婆母。⑥及时：趁早，赶快。遣归：打发回去，休弃。⑦禄相：古人迷信认为一个人的富贵贫贱都是命中注定的，而且“骨法为禄相表”（王符《潜夫论·相列》），从骨相中就可以看出命运的好坏。这句是说：我的骨相已注定了我运乖命薄。⑧何意：想不到。不厚：不厚遇，不喜爱。⑨区区：指见识狭小、目光短浅。⑩可怜：可爱。这句是说秦罗敷模样可爱，

没人比得上。⑪失恩义：恩断义绝。⑫会：将必定。从许：依从允许，答应。从这句以上是第一段，写兰芝嫁到焦家后，受婆母虐待和被驱遣的经过。⑬哽咽：因悲痛而声气阻塞。⑭自：本。卿：古时君呼臣，或平辈间互称，这里是对妻子的爱称。⑮报府：一作“赴府”，到郡府去。⑯下心意：安下心，沉住气。⑰重纷纭：再找麻烦。这句的意思是说：不要再多事接我回来了。⑱初阳岁：冬末春初的季节。⑲谢家：辞家。⑳进止：举止、行动。这句是说自己的举止行动哪里敢自作主张？㉑谓言：自以为。供养：侍奉。这二句是说：我本以为自己没有什么过错，只要好好侍奉婆母报答她的恩德就行了。㉒绣腰襦(rú)：一种绣花的短袄。㉓葳蕤(ruí)：草木茂盛的样子。这里是形容刺绣的花样，花繁叶茂，闪闪发光。㉔后人：后来者，指仲卿将来再娶的妻子。㉕作遗施：作为赠送人用的东西。遗(wèi)：赠送。又作“遣”。㉖因：机会。无会因，没有见面的机会。㉗严妆：郑重地梳妆打扮。㉘绣袷：绣花的裙子。裌：同“袷”，今作“夹”。㉙这二句是说：兰芝要尽量打扮得齐整，穿好绣裙后，需要做的事还有四五件，指下文的穿鞋、插簪、戴耳珰。关于这二句还有以下几种说法：一是“极意装束”，尽量打扮得满意；二是“数数迟延，以捱晷刻”，因不忍离去而有意地拖延时间；三是“或是心烦意乱，一遍两遍不能妥贴。”可参考。㉚削葱根：削尖了的葱白。朱丹：一种红色的宝石。这二句是形容兰芝手指的白嫩尖细，和嘴唇的红艳。㉛纤纤：细小。这句是形容兰芝走路时迈着小碎步。㉜母听去不止：婆母听任她去，并不留阻。此句一本作“阿母怒不止”。㉝钱帛：指彩礼。这二句是说接受了您很多聘礼，却不能很好地受您使唤。㉞这四句是说：兰芝初来时，小姑刚刚能扶床站立，而现在已经长得和自己一般高了，所以可以很好地侍奉老人。按前面曾说“共事二三年”，兰芝嫁到焦家只有二三年，小姑不能这样快地长大。这四句诗均见于唐代顾况的《弃妇行》，所以前人每疑此四句非本篇原有，可能是后人所加。㉟初七及下九：七月初七是七夕，古时妇女在这天晚上供祭织女，乞巧。每月的十九日是“下九”，妇女们停止针黹集聚在一起游戏玩耍，叫阳会。㊱隐隐、甸甸都是车声。㊲隔：犹“绝”，断绝。㊳区区怀：自己的真诚心意。㊴见：被、蒙。录：记。见录：记着我。㊵磐石：大石。磐石沉重不能移动，以喻忠诚不变。㊶蒲苇：蒲草和苇子，皆水草，柔韧不可折断，以喻爱情的坚贞。㊷劳劳：忧伤。这句是说：二人挥手告别，悲伤不已。以上是第二段，写兰芝被迫离开焦家时与仲卿分手的情况。㊸进退：偏义复词，即进见。无颜仪：没脸，难为情。㊹拊掌：拍手，这里是一种表示惊讶的动作。㊺不图：没想到。㊻无誓违：誓，或是“諐”（qiān）之误。“諐”，是“愆”的古字。无諐违，即无过失。另一说：誓违，即违誓。《说文》：“誓，约束也。”无违誓：即不违反婆家的约束（规矩）。二说皆可通。㊼惭阿母：感到没有脸面见母亲。㊽便（biàn）言：善于辞令，有口才。便，同“辩”。令：美好。㊾衔泪：含泪。衔，一作“含”。㊿丁宁：嘱咐。今作“叮咛”。见叮咛：受到仲卿的叮嘱。51奇：佳、好。这句是说：恐怕这样做很不好。52来信：指县令派来的媒人。这二句是说：还是回绝了媒人，等以后慢慢地再说吧。53贫贱：我家门第低贱，这是刘母自谦之词。54适：出嫁。这句是说：刚刚出嫁就被休弃回了娘家。55这二句是说：她连吏人妇都当不了，怎么能配得上贵公子呢？56问讯：打听消息。这句是说：希望你去多打听一些别人家的姑娘。57怅然：愤恨不满的样子。58作计：作决定，打主意。不量：欠思考，不好好衡量。59否：厄运。泰：好运气。这句是说二次结婚一好一坏，真有天渊之别。60其往：一作“其住”，可以。意思是说长久这样下去又将怎么办呢？61处分：决定，处理。62要（yuē）：同“约”，约定。63渠：他，指仲卿。渠会，即和他相会。无缘：没有缘分，没有机缘。64登即：立即，马上。65诺诺复尔尔：好了，好了，就这样办吧。66还部：回到府衙。白：回报。府君：指太守。67视历、开书：为互文，即为挑选吉日而查检历书。《隋书·经籍志》载有《六合婚嫁历》，大约就是古时结婚择吉所用的历书。开，一作“阅”。68青雀白鹄（hú）舫：青雀舫和白鹄舫，是贵人乘坐的画舫。龙子幡（fān）：可能是一种画有龙形的幡旗。舫的四角插着幡。69踯（zhí）躅（zhú）：缓步前进。青骢（cōng）马：青白杂毛的马。70流苏：用五彩羽毛做成的穗子。金镂鞍：即金雕鞍，用金属雕镂的马鞍。71交、广：交州和广州。交州，汉郡名，今广东、广西等地。广州，三国吴置，在今广东省。市：购买。鲑（xié）珍：珍贵的海味。这句是说：还有从交州、广州买来的珍贵海产。建安时还没有广州之称，所以此句可能是后人修改加添的。又，余冠英说：这句诗似可读成四句，“交”同“教”，“广市鲑珍”就是广泛购买鲑珍。72郁郁：盛多的样子。这里是形容人马物品之多。登郡门：登当作“发”，发郡门，即从郡邑出发。又，登郡门，是说齐集在府门前面，亦可通。从这句以上是第三段，写兰芝回到娘家后的痛苦处境，以及太守、阿兄逼嫁的经过。73莫令事不举：不要让事情办得不周全。74琉璃榻：琉璃，即玻璃。榻，一种矮而窄的小床。琉璃榻，即镶嵌着琉璃或玉石的榻。75晻晻（àn）：天色昏暗无光的样子。暝：天黑，日落。76以上八句是兰芝对仲卿说的话。77高迁：高升，这里指兰芝再嫁太守之子。78卒：终。这两句是以磐石自喻说：我像磐石一样方正、厚实，可以保持千年不变。⑲旦夕间：一朝一夕之间，极言其短暂。⑳这二句是说：决定与人世长辞，无论如何也不能再活下去了。㉑严霜结庭兰：寒霜冻坏了庭兰。这三句是仲卿用自然现象来比喻他和兰芝所受到的迫害。㉒日冥冥：黄昏日落。这是比喻自己生命即将结束。㉓南山石：比喻寿命如山之高，如石之固。四体：四肢，指身体。直：舒坦、顺适。㉔台阁：即尚书台。这两句是说：你是大户人家的子弟，先辈在台阁做过官。㉕贵贱情何薄：意思是说：你的身份比兰芝高贵，所以休弃了她并不算薄情。㉖作计乃尔立：自杀的主意就这样确定了。乃尔：如此，这样。㉗牛马嘶：牛马嘶叫，是说迎亲的牛车马骑之多。㉘青庐：一种用青布搭成的帐篷，是古时举行婚礼的地方。据段成式《酉阳杂俎》记载："北朝婚礼，青布幔为屋，在内门外，谓之青庐，于此交拜迎妇。"㉙人定初：人们刚刚安息的时候。或"人定钟"初鸣时，即亥时初刻，相当于今之晚九点钟。㉚举身：纵身。㉛交通：连接在一起。㉜相向鸣：相对而鸣。㉝驻足：停下脚步。㉞多谢：多多致意。戒之：记住，引以为戒。这是作者劝告世上做家长的话。以上是第四段，写兰芝和仲卿为反抗封建势力的迫害而相继自杀的结局。

【诗解】

《孔雀东南飞》既是我国文学史上一首优秀的民间叙事诗，又是我国古代民间文学中的光辉诗篇之一。它与南北朝的《木兰辞》并称"乐府双璧"及"叙事诗双璧"。《孔雀东南飞》的两个主人公以其对爱情的坚贞不渝而流传千古。

《孔雀东南飞》抒写的是汉代末年庐江郡小吏焦仲卿和妻

子刘兰芝的婚姻悲剧。故事发生在东汉建安年间。当时人们出于同情，把他们的悲剧编成故事诗传诵。后来的文人不断加工修润，在将近三百年后才被写定。

《孔雀东南飞》的故事情节编排曲折，场面景物描写细致，人物行动具体、对话生动，人物形象比较鲜明，语言自然、活泼，具有很强的表现力。诗中浓厚的抒情意味，充满了作者的同情和期望。

《孔雀东南飞》的思想性和艺术性达到了完美统一，在我国文学史上占有重要的地位。

枯鱼过河泣

枯鱼过河泣①，何时悔复及②。

作书与鲂鲂，相教慎出入。

【注释】

①枯鱼：干鱼。②何时悔复及：是“后悔无及”的意思。

【诗解】

这首诗把一个遭遇横祸的人比作枯鱼，从而告诫亲友做任何事都要小心谨慎。

古　歌

其　一

秋风萧萧愁杀人，出亦愁，入亦愁。座中何人，谁不怀忧？令我白头。胡地多飚风，树木何修修[①]。离家日趋远，衣带日趋缓。心思不能言，肠中车轮转。

【注释】

①修修：与“翛翛”通，鸟尾敝坏无润泽之貌，这里借喻树木的干枯。

【诗解】

这首诗采用自然淳朴的语言抒写了客居他乡的游子思乡恋家之深情。

其　二

高田种小麦，终久不成穗。男儿在他乡，焉得不憔悴[①]。

【注释】

①焉得：怎能。憔悴：病瘦貌。

【诗解】

在高高的田地上播种小麦，如果缺少水的灌溉，终究难以长出麦穗。男儿常年漂泊他乡，又怎能不憔悴难当？这首诗用小麦种在高田难成穗来比喻男儿居异乡最易憔悴，从而抒发客居异地的游子思念家乡的心情。《古诗赏析》评价此诗曰："他乡最易憔悴，说得极直捷，而其故却未说破，又极含蓄。"

行行重行行

行行重行行[①]，与君生别离。相去万余里，各在天一涯[②]。道路阻且长[③]，会面安可知？胡马依北风[④]，越鸟巢南枝[⑤]，相去日已远[⑥]，衣带日已缓。浮云蔽白日，游子不顾反[⑦]。思君令人老，岁月忽已晚。弃捐勿复道[⑧]，努力加餐饭[⑨]！

【注释】

①重（chóng）：又。这句是说行而不止。②涯：方。③阻：艰险。④胡马：北方所产的马。⑤越鸟：南方所产的鸟。"胡马依北风，越鸟巢南枝"，是当时习用的比喻，借喻眷恋故乡的意思。⑥已：同"以"。远：久。⑦顾反：还返，回家。顾，返也。反，

同“返”。⑧弃捐：抛弃。⑨这两句是说：这些都丢开不必再说了，只希望你在外保重。

【诗解】

本篇是《古诗十九首》的第一首，描写一个女子对其离家远行的爱人的思念之情。诗中巧妙运用比兴手法，以简洁语言表达无限深情。

西北有高楼

西北有高楼，上与浮云齐。交疏结绮窗①，阿阁三重阶②。上有弦歌声，音响一何悲！谁能为此曲？无乃杞梁妻。清商随风发，中曲正徘徊。一弹再三叹，慷慨有余哀。不惜歌者苦，但伤知音稀。愿为双鸿鹄③，奋翅起高飞④。

【注释】

①疏：镂刻。绮：有花纹的细绫。这句是说窗上透刻着像细绫花纹一样的格子。②阿（ē）阁：四面有曲檐的楼阁。这句是说阿阁建在有三层阶梯的高台上。③鸿鹄：据朱骏声《说文通训定声》说：“凡鸿鹄连文者即鹄。”鹄：就是天鹅。一作“鸣鹤”。④高飞：远飞。这二句是说愿我们像一对鸿鹄，展翅高飞，自由

翱翔。

【诗解】

本篇是《古诗十九首》的第五首，它以听歌起兴，感叹知己难逢。

涉江采芙蓉

涉江采芙蓉，兰泽多芳草。采之欲遗谁？所思在远道。还顾望旧乡，长路漫浩浩。同心而离居①，忧伤以终老。

【注释】

①同心：多用于男女之间的爱情或夫妇感情融洽。

【诗解】

本篇是《古诗十九首》的第六首，抒发了游子思念家乡之深、怀恋亲人（情人）之切的情感。

明月皎夜光

明月皎夜光，促织鸣东壁①。玉衡指孟冬，众星何历历。白露沾野草，时节忽复易。秋蝉鸣树间，玄鸟逝安适②？昔我同门友，高举振六翮③；不念携手好，弃我如遗迹④。南箕北有斗，牵牛不负轭⑤。良无盘石固，虚

名复何益！

【注释】

①促织：蟋蟀。②玄鸟：燕子。安适：往什么地方去？燕子是候鸟，春天北来，秋时南飞。这句是说天凉了，燕子又要飞往什么地方去了？③翮（hé）：鸟的羽茎。据说善飞的鸟有六根健劲的羽茎。这句是以鸟的展翅高飞比喻同门友的飞黄腾达。④这句是说：就像行人遗弃脚印一样抛弃了我。⑤牵牛：指牵牛星。轭：车辕前横木，牛拉车则负轭。“不负轭”是说不拉车。这二句是用南箕、北斗、牵牛等星宿的有虚名无实用，比喻朋友的有虚名无实用。

【诗解】

本篇是《古诗十九首》的第七首，表达了失意文人对世态炎凉和人情冷暖的慨叹。开头以悲秋起兴，从季节变易说到人情冷暖，最后表达了对那些忘记旧交的人的强烈愤慨。

冉冉孤生竹

冉冉孤生竹，结根泰山阿①。与君为新婚②，菟丝附

女萝。菟丝生有时，夫妇会有宜[3]。千里远结婚，悠悠隔山陂。思君令人老，轩车来何迟[4]？伤彼蕙兰花，含英扬光辉[5]。过时而不采，将随秋草萎[6]。君亮执高节，贱妾亦何为[7]？

【注释】

①泰山：即“太山”，犹言“大山”、“高山”。阿：山坳。这两句是说：柔弱的孤竹生长在荒僻的山坳里，借喻女子的孤独无依。②为新婚：指已订婚，但还没有迎娶。③宜：适当的时间。这两句是说：菟丝及时而生，夫妇亦当及时相会。④轩车：有篷的车。这里指迎娶的车。这二句是说：路远婚迟，使她容颜憔悴。⑤含英扬光辉：花含苞待放。英，犹“花”。⑥萎：枯萎，凋谢。这四句是说：蕙兰过时不采，它将随着秋草一同枯萎。这是对婚迟的怨语。⑦贱妾：女子谦称。这两句是说：君想必守志不渝，我又何苦自艾自怨。这是自慰之词。

【诗解】

本篇是《古诗十九首》的第八首，表达了一个女子对婚迟的抱怨之情。

迢迢牵牛星

迢迢牵牛星，皎皎河汉女。纤纤擢素手[1]，札札弄机杼[2]。终日不成章[3]，泣涕零如雨[4]。河汉清且浅，相去复几许[5]！盈盈一水间[6]，脉脉不得语[7]。

【注释】

①擢：拔、抽出。这句是说：织女摆动她的纤纤素手。②札札：机织声。③终日不成章：是用《诗经·大东》语意，说织女终日也织不成布。《诗经》原义是织女徒有虚名，不会织布，这里则是说织女因害相思，而无心织布。章：指布匹上的经纬纹理。④零：落。⑤几许：犹言“几何”。这两句是说：织女和牵牛二星彼此只隔着一条银河，相距才有多远！⑥盈盈：水清浅貌。间：隔。⑦脉脉：“眽眽”的俗写，含情相视之貌。

【诗解】

本篇是《古诗十九首》的第十首，借天上织女思念牛郎的故事，写人间男女的相思之情。

客从远方来

客从远方来，遗我一端绮[①]。相去万余里，故人心尚尔[②]。文采双鸳鸯，裁为合欢被；著以长相思，缘以

结不解。以胶投漆中，谁能别离此？

【注释】

①端：犹“匹”。古人以二丈为一端，二端为一匹。②故人：古时习用于朋友，此指久别的丈夫。尔：如此。这两句是说尽管相隔万里，丈夫的心仍然一如既往。

【诗解】

本篇是《古诗十九首》中的第十八首，它通过诸多谐音双关语来表达浓烈的思念之情。

明月何皎皎

明月何皎皎，照我罗床帏。忧愁不能寐，揽衣起徘徊[1]。客行虽云乐，不如早旋归。出户独彷徨，愁思当告谁？引领还入房[2]，泪下沾裳衣！

【注释】

①揽衣：犹言“披衣”、“穿衣”。揽：取。②引领：伸颈，意为抬头远望。

【诗解】

本篇是《古诗十九首》的最后一首，

这是一首妻子思念丈夫的抒情诗。开头写月夜里，妻子思念丈夫以致难以入睡，使得接下来抒写迫切盼望丈夫归来的心情得以水到渠成，最后翻腾的愁情达到顶点，以至再也禁不住而“泪下沾裳衣”。全诗层次分明，感情流露清晰自然，成功地诠释了思妇复杂的心情。

魏诗

曹操

曹操（公元155～220年），字孟德，沛国谯（今安徽亳州市）人，是我国古代著名的政治家、军事家和文学家。作为政治家和军事家，曹操统一北方，形成与吴、蜀相峙的三国鼎立局面，并为日后晋朝进一步统一全国创造条件。此外，他所采取的一些措施对于中原地区的经济发展起到了极大的促进作用，诸如打击豪强、抑制兼并和广行屯田等。作为文学家，曹操的创作体现了乱世之中一统天下的雄心壮志，慷慨悲壮，思想积极。他的诗今存二十首，都是采用乐府古题，鲜明地表现了对汉代乐府的继承。他的文章以“清峻通侻”著称，显示出他崇尚刑名，反对儒学传统的突出特点。鲁迅先生曾称他为“改造文章的祖师”。曹操的著作今有辑本《曹操集》，诗歌注本以黄节的《魏武帝诗注》较为详备。

观沧海

东临碣石，以观沧海。水何澹澹[①]，山岛竦峙[②]。树木丛生，百草丰茂。秋风萧瑟，洪波涌起。日月之行，若出其中。星汉灿烂[③]，若出其里。幸甚至哉，歌以咏志。

【注释】

①何：多么。澹澹：浩荡平满的样子。②山岛：指碣石山，当时的碣石山在海边上。竦（sǒng）峙（zhì）：高峻挺拔的样子。③星汉：天河。

【诗解】

《观沧海》是《步出夏门行》的第一首。曹操曾用这个旧题写过新辞，全诗共四首，前面有“艳”（序歌）。《观沧海》通过描绘碣石山下深秋独有的海景，自然而巧妙地抒发了作者对于当时的种种忧虑，诸如动荡的社会、艰难的生计、不定的人心，并暗含着他要削平割据、稳定时局、建功立业、统一天下的壮志雄心。诗作所呈现的场景极其壮阔，而豪迈的情感又与壮阔的场景水乳交融地结合在一起。

龟虽寿

神龟虽寿，犹有竟时[①]。腾蛇乘雾，终为土灰。老骥伏枥[②]，志在千里。烈士暮年[③]，壮心不已。盈缩之

期[4]，不但在天。养怡之福，可得永年[5]。幸甚至哉，歌以咏志。

【注释】

①竟：终极，终了。②骥：千里马。伏枥：卧在马棚里，形容马老病的样子。枥，马棚。③烈士：重义轻生、有志建功立业的人。④盈缩之期：指人的寿命长短。盈：满、长。缩：短。⑤永年：长寿。这二句是说：如果能使人的身体和精神经常保持安静愉快，就能健康长寿。

【诗解】

《龟虽寿》是《步出夏门行》的第四首。这首诗表达了作者自强不息、老当益壮、锐意进取的积极精神与豪迈气概。这是从哲学角度表现作者对人生的看法，既是他对方士们关于神仙种种妄谈的否定，也是对于当时社会上流行的消极颓废和及时行乐说法的否定。

短歌行

对酒当歌，人生几何？譬如朝露[1]，去日苦多。慨当以慷，幽思难忘[2]。何以解忧？唯有杜康[3]。青青子衿[4]，悠悠我心[5]。但为君故，沉吟至今[6]。呦呦鹿鸣，食野之苹[7]。我有嘉宾，鼓瑟吹笙。明明如月，何时可掇[8]？忧从中来，不可断绝。越陌度阡[9]，枉用相

存⑩。契阔谈讌⑪，心念旧恩。月明星稀，乌鹊南飞，绕树三匝，何枝可依？山不厌高，海不厌深。周公吐哺⑫，天下归心。

【注释】

①朝露：汉代人常以朝露比喻人的年命之短，可参看汉乐府《薤露》。②幽思：深藏着的心事，即“忧世不治”。③杜康：相传是我国最早发明酿酒的人，这里即用以代指酒。④青衿：周朝时学子的服装，用在诗里代指学子，这里是指有智谋、有才干的人。衿：衣领。⑤悠悠：形容思念的深沉和久长。⑥沉吟：低声吟咏，指深切怀念和吟味的样子。⑦苹：艾蒿。⑧掇：同“辍”，停止，断绝。月光不可阻塞断绝，以比喻人的忧思不能抑止。掇，一作“拾取”、“捉取”。以月光不可捉取比喻忧思不可排除。⑨越陌度阡：古谚有所谓“越陌度阡，更为客主”，是说朋友之间互相过从的事。曹操这里用其成句以言贤士之远道来投。⑩枉用相存：如同说“贤士们屈尊来光顾我”。枉：枉驾，屈驾。存：存问。⑪契阔谈讌：即讌谈契阔，在欢乐的宴会上畅叙离别怀念之情。讌：同“宴”。契阔：本义是两件东西放在一起的相合（契）与不相合（阔），后来用以代指人的会合与离别。这里用为单指离别。⑫吐哺：吐出口中正在咀嚼的食物，指中途停止吃饭。《韩诗外传》卷三记载周公曾说：“吾，文王之子，武王之弟，成王之叔父也，又相天下，吾于天下亦不轻矣。然一沐三握发，一饭三吐哺，犹恐失天下之士。”《史记·鲁世家》中也有与此大致相同的文字。这里曹操显然是以周公自命的。

【诗解】

《短歌行》是曹操按旧题写作的新辞。原作共两首，这里选的是第一首。诗作反映了曹操为实现他一统天下的政治理想而广纳贤士的急切心情。

诗作的第一节调子低沉，这是汉末以来乱世之中社会上普遍流行的消极颓废人生观在作者思想上引起的涟漪。从第二节调子开始变化，作品出现了柳暗花明又一村的局面：崭新的境界中蕴藉着积极的思想。最后四句简洁有力，直抒胸臆，抑扬顿挫，慷慨激昂，成为流传至今的四言警句。

王　粲

王粲（公元 177 ~ 217 年），字仲宣，山阳高平（今山东）人，是东汉灵帝时大官僚王畅的孙子。年少成名，初仕刘表，后归曹操。他是“建安七子”中文学成就最高的一个，被称为“七子之冠冕”。其作品悲凉哀婉，突出反映当时的社会动乱和人民疾苦。

作品有辑本《王侍中集》。

七 哀

其 一

西京乱无象[1]，豺虎方遘患[2]。复弃中国去[3]，委身适荆蛮[4]。亲戚对老悲，朋友相追攀[5]。出门无所见，白骨蔽平原。路有饥妇人，抱子弃草间。顾闻号泣声，挥泪独不还："未知身死处，何能两相完[6]？"驱马弃之去，不忍听此言。南登霸陵岸[7]，回首望长安。悟彼下泉人[8]，喟然伤心肝[9]。

【注释】

①西京：指长安，西汉时的国都。东汉建都在洛阳，洛阳称为东都。董卓之乱后，汉献帝又被董卓由洛阳迁到了长安。无象：无章法，无体统。②豺虎：指董卓的部将李傕、郭汜等。遘患：给人民造成灾难。③中国：中原地区。④委身：置身。荆蛮：即指荆州。⑤追攀：追逐拉扯，表示依依不舍的样子。⑥完：保全。⑦霸陵：汉文帝刘恒的陵墓，在今陕西西安。岸：高坡、高冈。⑧下泉：流入地下的泉水。⑨喟然：伤心的样子。

【诗解】

这首诗记录了作

者在战乱流离中所听的凄凉声音和所见的悲惨景象。一方面，对混战的厌恶显露无遗；另一方面，对人民疾苦的同情深切之至。作品以典型的选材，悲恻的措辞和极强的感染力而著名。

陈　琳

陈琳（？～217年），字孔璋，广陵射阳（今江苏扬州市东北）人。“建安七子”之一。先仕何进，再仕袁绍，后归曹操。陈琳以撰文见长，特别擅长章表书檄诸体。其诗歌今存四首，以《饮马长城窟》最优。

作品有辑本《陈记室集》。

饮马长城窟

饮马长城窟[1]，水寒伤马骨。往谓长城吏，“慎莫稽留太原卒[2]。”“官作自有程[3]，举筑谐汝声[4]！”“男儿宁当格斗死，何能怫郁筑长城[5]？”长城何连连，连连三千里。边城多健少，内舍多寡妇。作书与内舍：“便嫁莫留住[6]。善事新姑嫜[7]，时时念我故夫子[8]。”报书往边地：“君今出言一何鄙[9]！”“身在祸难中，何为稽留他家子[10]？生男慎莫举[11]，生女哺用脯[12]。君独不见长城下，死人骸骨相撑拄？”“结发行事君[13]，慊慊心意关[14]。明知边地苦，贱妾何能久自全[15]？”

【注释】

①长城窟：长城侧畔的泉眼。窟，泉窟，即今之所谓泉眼。②慎：小心，千万，这里是告诫的语气。稽留：滞留，阻留。③官作：官府的工程，指筑城任务而言。程：期限，指标。④筑：夯，砸土的工具。谐：和调一致。⑤怫（fú）郁：烦闷，憋着气。⑥嫁：改嫁。丈夫劝自己的妻子改嫁，其内心痛苦可想而知。⑦事：侍奉。姑嫜：婆婆公公。旧时媳妇称公公叫舅，称婆婆叫姑。⑧故夫子：旧日的丈夫。古时妇女有称丈夫曰夫子者。以上三句是役夫给家中妻子信中所说的话。⑨鄙：粗陋，不通情理。⑩他家子：人家的女孩子，这里是指自己的妻子而言。⑪举：本义指古代给初生婴儿的洗沐礼。后世一般用为“抚养”之义。⑫哺：喂养。脯：肉干儿。⑬结发：指十五岁，古时女子十五岁开始用笄结发。行：句中助词，如同现在所说的“来”。⑭慊慊（qiàn）：失意不满的样子。关：牵连。⑮全：活。最后四句是说：自从和你结婚以来，我就一直痛苦地关心着你。你在边地所受的苦楚我是明白的，如果你死了，我自己又何必再长久地苟活下去呢？这是役夫的妻子回答役夫的话，表现了劳动人民的真挚情感和高尚道德品质。

【诗解】

这首诗里有役夫与官吏的问答，有役夫对妻子的叮咛。通过这两个层面的生动对话，揭示了修筑长城给黎民百姓带来的深重苦难。此外，这首诗以质朴的语言，苍劲、悲凉的格调，借古讽今（借助吟咏秦汉旧事，揭示建安时期社会动荡、世道乱离给人民造成的痛苦）的写法而独树一帜。

刘　桢

刘桢（？～217年），字公干，东平宁阳（今山东宁阳）人，是“建安七子”中的佼佼者。他以写诗见长，其诗注重气势，不讲究辞藻，其五言诗颇负盛名。后人把他和曹植并称“曹刘”。刘桢的作品，今存十五首。

作品有辑本《刘公干集》。

赠从弟

亭亭山上松[1]，瑟瑟谷中风[2]。风声一何盛，松枝一何劲！冰霜正惨凄[3]，终岁常端正。岂不罹凝寒[4]？松柏有本性。

【注释】

①亭亭：孤高直立的样子。②瑟瑟：寒风声。③惨凄：凛冽、严酷。④罹：遭受。凝寒：严寒。最后二句是说：难道松柏没有遭到严寒的侵袭吗？但是它依然青翠如故，这是它的本性决定的。

【诗解】

《赠从弟》全诗共三首，这里是选的第二首。作品以不畏冰雪风霜的松树比喻人格的独立和操守的坚贞，并以此勉励从弟要做独立而坚贞的人。当然，这既是勉励别人，也是自我勉励。

曹丕

曹丕（公元187～226年），字子桓，三国时期著名的政治家、文学家，魏朝的开国皇帝。公元220～226年在位，庙号高祖（《资治通鉴》作世祖），谥为文皇帝（魏文帝），葬于首阳陵。沛国谯（今安徽亳州市）人。因文学方面的成就而与其父曹操、其弟曹植并称为“三曹”。

曹丕作为政治家，在经营国家、发展中原地区的生产方面，起了一定作用；但是，他建立了“九品中正法”，以维护豪族利益为目的，为此后的士族门阀制度埋下种子。

曹丕作为文学家，诗文风格悲婉凄清、低回纤弱，思想内容和艺术成就不如其父与其弟，但论说文成就比其弟曹植要高，其著名的《典论·论文》是我国文学批评史上最早的专篇著作。

曹丕的著作有辑本《魏文帝集》，诗歌注本以黄节的《魏文帝诗注》略为详备。其散文成就也较高，代表作有《与吴质书》。

杂诗

其一

漫漫秋夜长，烈烈北风凉。展转不能寐，披衣起彷徨。彷徨忽已久，白露沾我裳。俯视清水波，仰看明月光。天汉回西流[①]，三五正纵横[②]。草虫鸣何悲，孤雁独南翔。郁郁多悲思，绵绵思故乡[③]。愿飞安得翼？欲渡

河无梁！向风长叹息，断绝我中肠。

【注释】

①天汉：天河。“天汉回西流”与《燕歌行》的“星汉西流夜未央”同义。②三五：指天空疏稀的v小星。纵横：指群星布列的样子。正纵横，言夜正深。夜深而觉星稀者，月明故也。③绵绵：指思绪之多且长。

【诗解】

这首诗通过描绘凄清的秋夜，表达了在外漂泊的游子的落寞怀乡之情。

其 二

西北有浮云，亭亭如车盖[①]。惜哉时不遇，适与飘风会。吹我东南行，行行至吴会[②]。吴会非吾乡，安得久留滞。弃置勿复陈[③]，客子常畏人。

【注释】

①亭亭：孤高的样子。车盖：古代的车篷，形如大伞。②吴会：指当时的吴郡（郡治在今江苏苏州市）和会稽郡（郡治在今浙江绍兴）。吴和会当时都属于东吴，乃异国之地，这样说是用

以比喻漂泊周流之远。③“弃置”句：这是汉魏时诗中常见的套语，见汉乐府《孤儿行》、曹植《赠白马王彪》等。

【诗解】

这首诗以浮云顺风飘移为喻，抒写了客子征夫的周游之苦，对当时战乱的厌倦之情跃然纸上。

曹 植

曹植（公元 192 ~ 232 年），字子建，沛国谯（今安徽亳州市）人，曹操的儿子，曹丕的弟弟，三国时魏国诗人、文学家，建安时期最有才华的诗人。

早期曹植很受父亲宠爱，几乎被立为太子，因而受到曹丕嫉恨。曹丕即位后，曹植遭受严重打击与迫害。曹丕死后，曹叡即位，曹植曾多次上书，希望报效国家，但都未如愿。最后在困顿苦闷中英年早逝。

以曹丕即位为界，曹植的生活和创作可分为前后两个时期。前期作品一部分反映了他在政治上的雄心壮志和对于建功立业的热烈向往；另一部分作品抒写了社会动荡和人民疾苦。后期作品则一方面表达自己备受压抑、壮志难酬的悲愤情绪；另一方面反映统治集团的内部矛盾和统治阶级的内在本质。

曹植在创作方面很有才华。首先，其诗歌艺术成就较高。他不仅注重声律，还对五言诗的发展有重要贡献。其次，他的章表辞赋也很著名，洋溢着非凡的才气。

作品有《曹子建集》。诗歌注本以黄节的《曹子建诗注》较为详备。

送应氏

步登北邙坂，遥望洛阳山。洛阳何寂寞，宫室尽烧焚。垣墙皆顿擗[1]，荆棘上参天。不见旧耆老[2]，但睹新少年。侧足无行径，荒畴不复田[3]。游子久不归[4]，不识陌与阡。中野何萧条，千里无人烟。念我平常居[5]，气结不能言。

【注释】

①顿擗（pǐ）：倒塌、崩裂。擗，剖，裂。②耆（qí）老：老人。耆，老。③荒畴：荒芜了的土地。田：耕种，用作动词。以上二句是说：到处是一片荒芜，连个可以走的小道都没有，土地也无人耕种了。④游子：指应氏。⑤我：代应氏。平常居：平时一道生活的人。有本作“平生亲”，义同，都是指应氏的亲属而言。最后二句意思是说：想到自己的亲属荡然无存，不由得伤心哽咽，说不出话来。

【诗解】

应氏指应玚，字德琏，建安时期的诗人，“建安七子”之一。建安十六年（公元211年）春，曹植被封为平原侯，应玚被

任命为平原侯庶子（属官名）。同年七月，曹操西征马超，曹植、阮瑀等也一道随行。

《送应氏》共两首，这里选的是第一首。作品通过生动描绘董卓之乱以来洛阳凄凉残破的景象，表明给社会造成的惨重破坏和给人民带来的深重灾难的元凶就是混战。

白马篇

白马饰金羁，连翩西北驰①。借问谁家子？幽并游侠儿②。少小去乡邑，扬声沙漠垂。宿昔秉良弓③，楛矢何参差④。控弦破左的⑤，右发摧月支。仰手接飞猱⑥，俯身散马蹄。狡捷过猴猿，勇剽若豹螭⑦。边城多警急，虏骑数迁移。羽檄从北来⑧，厉马登高堤⑨。长驱蹈匈奴⑩，左顾凌鲜卑⑪。弃身锋刃端，性命安可怀？父母且不顾，何言子与妻！名编壮士籍，不得中顾私⑫。捐躯赴国难，视死忽如归。

【注释】

①连翩：轻捷矫健的样子。②幽并：幽州、并州，古代二州名。游侠：汉代指那种崇武尚气、能急人之难的人。③宿昔：同“夙夕”，早晨、晚上，指每日皆如此。④楛（hù）矢：楛木做的箭。参差：本义是长短不齐的样子，这里实际是指多。以上二句是说：他们的良弓日夜不离手，身边还佩着许多的箭。⑤控弦：开弓。的：箭靶。⑥仰手：指仰身而射。接：迎面而射。⑦剽：

轻捷。螭(chī)：传说中的一种无角的龙。⑧羽檄：插有羽毛的军中征调文书。军书插羽，以示紧急。《说文》："檄，以木简为书，长尺二寸，用征召也。"⑨厉马：策马。堤：高坡。以上二句是说：边方的紧急征调文书下来了，勇士们闻命策马，登高堤以探视敌情。⑩蹈：践踏，此处即指冲击。⑪凌：冲击。⑫顾私：怀念个人或家庭的私事。

【诗解】

这首诗里塑造了一个爱国将士的形象，他武艺高强、渴望建功立业，甚至不惜壮烈牺牲。作者正是借着歌颂这样一个英勇的北方将士，来抒发自己愿意为解救国难而不惜抛弃一切，乃至生命的英勇豪迈精神。

七步诗

煮豆燃豆萁[①]，漉豉以为汁。萁在釜下燃[②]，豆在釜中泣。本是同根生，相煎何太急！

【注释】

①萁：豆梗。②漉（lù）：过滤。豉（chǐ）：豆豉，一种豆制食品。有的本子没有"漉豉以为汁。萁在釜下燃"二句。

【诗解】

在这首诗里，作者以豆萁相煎为喻，形象地控诉了其兄曹丕对自己和其他众兄弟的残酷迫害，也隐含地揭示了曹魏王朝的内部矛盾。

阮　籍

阮籍（公元 210 ~ 263 年），字嗣宗，陈留尉氏（今河南）人。其父阮瑀是"建安七子"之一。阮籍崇尚老庄哲学，在政治上既不满现实，又谨慎避祸。他与嵇康、刘伶等七人为友，常常聚集在竹林之下肆意畅饮，世称"竹林七贤"。因为阮籍曾任步兵校尉，所以人们也称他为阮步兵。阮籍是"正始之音"的代表，其中以《咏怀》八十二首最为著名。阮籍通过不同的写作技巧，如比兴、象征、寄托等，借古讽今，寄寓情怀，形成了一种"悲愤哀怨，隐晦曲折"的诗风。

除诗歌之外，阮籍还长于散文和辞赋。今存散文九篇，其中最长及最有代表性的是《大人先生传》、《达庄论》等，表达一种消极的出世之情。另又存赋六篇，其中述志类有《清思赋》、《首阳山赋》；咏物类有《鸠赋》、《猕猴赋》。作品有辑本《阮步兵集》，诗歌注本以黄节的《阮步兵咏怀诗注》较为详备。

夜中不能寐

夜中不能寐，起坐弹鸣琴。薄帷鉴明月[①]，清风吹我襟。孤鸿号外野，翔鸟鸣北林[②]。徘徊将何见，忧思独伤心。

【注释】

①这句是说：明月照着薄薄的帷帐。鉴：照。②北林：《诗经·晨风》："鴥（yù，疾飞之貌）彼晨风（鸟名），郁彼北林。未见君子，忧心钦钦。"后世的文人在使用"北林"一语时，往往带有心神忧郁的意思。

【诗解】

这是阮籍《咏怀诗》的第一首，是八十二首咏怀诗的总开端。真实而概括地抒发了作者身处当时社会现实中的内心苦闷。阮籍是个在行动上佯狂放荡，在内心里痛苦至极的人。只有诗歌才能让他把那郁结在内心深处的、无由发泄的愁苦和愤懑隐约曲折地倾泻出来。

昔闻东陵瓜

昔闻东陵瓜①，近在青门外②。连畛距阡陌③，子母相钩带④。五色曜朝日⑤，嘉宾四面会⑥。膏火自煎熬，多财为患害⑦。布衣可终身，宠禄岂足赖⑧。

【注释】

①东陵瓜：汉初人邵平所种的瓜。②青门：即霸城门。③畛：田间的埂界。距：至，达。阡陌：田间小路。这句是说：瓜种的很多，一块地连着一块地。④子母：比喻小瓜大瓜。钩带：互相串连着。⑤五色：指各种颜色的瓜。曜："耀"也。⑥嘉宾：指买瓜吃瓜的人们。⑦《庄子·人间世》："山木自寇也，膏火自煎也。"意思是说：树木生得太好（成材料），就会招致工匠来砍伐；油类由于自己能燃烧，所以才招致人们来点火。同样的道理，一个人如果钱财太多，或者才德出众，也同样会招来祸害。这是庄子哲学的一个重要观点。⑧宠禄：指朝廷给予的恩荣与俸禄。以上二句是说：当个普通百姓是容易平安无事的，如果有了高官厚禄，那就不好办了。

【诗解】

这是阮籍《咏怀诗》的第六首。一方面，表明作者愿像平民百姓那样以种瓜为乐的处世态度；另一方面，隐约可感作者对当时魏晋易代之际仕途风险的忧虑，抒发了他希冀隐退、向往田园的心情。

嵇　康

嵇康（公元 223 ~ 262 年），字叔夜，谯郡铚（今安徽）人，是三国后期曹魏的著名才学之士。因为曾任中散大夫，故称之为嵇中散。他为人刚直不阿，崇尚老庄哲学，精通诗文琴瑟，好言服食养生；他对当时抢班夺权、易代在即的形势，愤愤不平，义形于色；他蔑弃虚伪礼教，而与以嗜酒颓废放荡为名的阮籍、刘伶等七人为友，并成为“竹林七贤”的领袖人物。不过，嵇康的种种言行为统治阶级所不容，终被诬陷致死。嵇康的诗歌，着重表现一种清逸脱俗的境界。

作品有《嵇中散集》。注本以戴名扬的《嵇康集校注》较为详备。

赠秀才入军

良马既闲[1]，丽服有晖。左揽繁弱，右接忘归[2]。风驰电逝，蹑景追飞[3]。凌厉中原[4]，顾眄生姿[5]。

【注释】

①闲：同“娴”，熟习，训练有素。②接：搭上。③蹑景：追得上一掠即逝的影子。景，同

"影"。追飞：能追赶飞鸟。④凌厉：飞腾、超越。中原：原野。⑤顾眄(miǎn)：看、视的意思。顾，回视；眄，斜视。生姿：生色，生光。

【诗解】

《赠秀才入军》共有诗十九首。"良马既闲"这一首颇具想象色彩。作者幻想了他兄弟日后在军中的生活：良马、华服、名弓、矫健的身姿和飞驰的速度，貌似赞颂敬佩，实则婉言否定。

傅　玄

傅玄（公元 217 ~ 278 年），字休奕，北地泥阳（今甘肃）人，西晋初年的文学家、思想家。他出身于官宦家庭，祖父傅燮，东汉汉阳太守。父亲傅干，魏扶风太守。

傅玄父亲早逝，少时孤贫，博学善文，勤于著述。性刚劲亮直，不能容人之短。司马炎做晋王时，命他做常侍。司马炎篡位后，又命他做谏官。后来迁侍中，转司隶校尉。

他精通音乐，以撰写乐府诗见长。其诗作继承汉乐府的传统，反映了一定的社会现实。现存诗歌六十余首，著有《傅子》内外篇。

豫章行苦相篇

苦相身为女[①]，卑陋难再陈[②]。男儿当门户，堕地自生神[③]。雄心志四海[④]，万里望风尘[⑤]。女育无欣爱[⑥]，不为家所珍。长大逃深室[⑦]，藏头羞见人。垂泪适他乡[⑧]，忽如雨绝云[⑨]。低头和颜色，素齿结朱唇。跪拜无复数，婢妾如严宾[⑩]。情合同云汉，葵藿仰阳春[⑪]。心乖甚水火[⑫]，百恶集其身[⑬]。玉颜随年变，丈夫多好新[⑭]。昔为形与影，今为胡与秦[⑮]。胡秦时相见，一绝逾参辰[⑯]。

【注释】

①苦相：犹“苦命”。古代迷信，认为貌相苦，命运便苦。②卑陋：卑贱。难再陈：没法再陈述了。③堕地：指生下来。自生神：天然地便有神气。④四海：犹“天下”。志四海：志在天下。⑤风尘：寇警响起，戎马所至，风起尘扬。望风尘：希望平定边寇。以上四句写男儿之受重视。⑥育：初生。欣爱：喜爱。⑦逃：躲避、隐藏，或作“避”。这句和下句是说女子长大之后躲藏在屋子里害羞怕见人。⑧适：出嫁。⑨雨绝云：雨落下来，便和云断绝了关系。用来比喻女子出嫁和家人离别。⑩无复数：数不过来。严宾：庄严的宾客。这两句是说对公婆丈夫等的跪拜没有数，对婢妾也要如同庄严的客人那样敬重。⑪云汉：天河。同云汉：像牛郎织女会于云汉。葵：向日葵。藿：一种野菜。仰阳春：仰赖春天的太阳。这两句是说丈夫和自己感情投合的时候像牛郎织女会于银河，自己仰赖丈夫的爱情像葵藿仰赖春天的阳光。⑫乖：戾。心乖：指感情不和。甚水火：甚于水火之不相容。⑬其身：指女子自身。这

句是说男子指斥女子没有一点好处。⑭好新：喜新厌旧，指再娶妻子。⑮胡与秦：犹中外，比喻相距很远。古时中原地区的人称北方和西方的外族人为胡，西域人称中原人为秦。⑯时相见：有时相见。逾：超过。参辰：两星名。辰星，在东方；参星，在西方；出没互不相见。这两句是说即使是胡秦，还有相见之时，而自己被丈夫弃绝之后，便如参辰，永不相见了。

【诗解】

这首诗生动地描绘了女子从出生、成长，到出嫁，以至婚后生活的整个过程，深刻而有力地揭示了封建社会妇女社会地位低下、重男轻女的不平等现象。作者以悲悯之心表达了自己对女子不幸遭遇的深切同情，对把她们这种遭遇归之于命苦的说法表示否定和不满。

潘　岳

潘岳（公元 247 ~ 300 年），字安仁，荥阳中牟（今河南中牟东）人。他少时有奇童之称，二十岁时便才名卓著。他热心做官，但不得志；形象俊美，但品格卑污。赵王司马伦辅政时，他被赵王的亲信孙秀害死，成为西晋统治集团内部斗争的牺牲品。

潘岳和陆机齐名，既是当时士族门阀的代表作家，也是当时形式主义诗歌的代表人物。他以写哀悼内容的诗见长，代表作是《悼亡诗》三首。此外，他擅长写“哀诔之文”，都以善叙哀情著称，比如《怀旧赋》、《寡妇赋》。今存《潘黄门集》一卷。

悼亡诗

荏苒冬春谢，寒暑忽流易①。之子归穷泉，重壤永幽隔。私怀谁克从②？淹留亦何益③。黾勉恭朝命，回心反初役④。望庐思其人，入室想所历。帏屏无髣髴⑤，翰墨有余迹。流芳未及歇⑥，遗挂犹在壁。怅怳如或存，回惶忡惊惕⑦。如彼翰林鸟，双栖一朝只。如彼游川鱼，比目中路析⑧。春风缘隟来，晨霤承檐滴⑨。寝息何时忘，沉忧日盈积。庶几有时衰，庄缶犹可击⑩。

【注释】

①荏（rěn）苒（rǎn）：逐渐。谢：去。流易：消逝、变换。冬春寒暑节序变易，说明时间已过去一年。古代礼制，妻子死了，丈夫服丧一年。这首诗应作于其妻死后一周年。②私怀：私心，指悼念亡妻的心情。克：能。从：随。谁克从：即“克从谁”，能跟谁

说？③淹留：久留，指滞留在家不赴任。亦何益：又有什么好处。④黾（mǐn）勉（miǎn）：勉力。朝命：朝廷的命令。回心：转念。初役：原任官职。这两句是说：勉力恭从朝廷的命令，扭转心意返回原来任所。⑤帏屏：帐帏和屏风。髣髴：相似的形影。无髣髴：帏屏之间连亡妻的仿佛形影也见不到。⑥这句是说：衣服上至今还散发着余香。⑦回惶：惶恐。忡（chōng）：忧。惕：惧。这一句五个字，表现他怀念亡妻的四种情绪。⑧翰林：鸟栖之林，与下句"游川"相对。比目：鱼名，成双即行，单只不行。析：一本作"拆"，分开。这四句是说：妻子死后自己的处境就像双栖鸟成了单只，比目鱼被分离开一样。⑨缘：循。隟：即"隙"，门窗的缝。霤（liù）：即溜，屋上流下来的水。承檐滴：顺着屋檐流。这两句是说春风循着门缝吹来，屋檐上早晨就开始往下滴水了。⑩庶几：但愿，表示希望。衰：减。庄：指庄周。缶：瓦盆，古时一种打击乐器。《庄子·至乐》："庄子妻死，惠子吊之，庄子则方箕踞鼓盆而歌。"庄子认为死亡是自然变化，不必悲伤。这两句是说：但愿自己的哀伤有所减退，能像庄周那样达观才好。

【诗解】

《悼亡诗》是作者伤悼亡妻的，共三首，这是第一首。妻子死后葬毕，自己将要赴任，睹物思人，更加哀伤。全诗情感真切感人，对后世的悼亡诗有深远影响。

左 思

左思（约公元250～约305年），字太冲，齐国临淄（今山东淄博市临淄城北）人。西晋著名文学家。他幼年不够聪慧，学书学琴均不成。但他极其用功，长于撰写文章，辞藻华丽。虽然他才华出众，但是其貌不扬、不好交游，在仕途方面不得志，只能以写作为事业。他曾以十年时间写成《三都赋》，轰动当时，“豪贵之家竞相传写，洛阳为之纸贵”。

由于左思出身寒微，而仕途的门径被那些士族把持，所以控诉门阀制度的腐朽，揭露寒门出身的知识分子和士族门阀之间的矛盾，抒写自己功业未遂的情怀和对士族权贵的蔑视，就构成了他诗作的主题。意气慷慨豪迈，语言简洁有力，绝少雕琢堆砌成为他诗作的主要特点。

左思的诗作，今存很少，只有《文选》和《玉台新咏》所收的部分诗赋，其中诗十四首，以《咏史》和《娇女》最有名。

咏 史

其 一

弱冠弄柔翰①，卓荦观群书②。著论准《过秦》，作赋拟《子虚》③。边城苦鸣镝④，羽檄飞京都⑤。虽非甲胄士⑥，畴昔览穰苴⑦。长啸激清风，志若无东吴⑧。铅刀贵一割⑨，梦想骋良图⑩。左眄澄江湘，右盼定羌胡⑪。功成不受爵，长揖归田庐⑫。

【注释】

①弱冠：古代的男子二十岁行冠礼，表示成人，但体犹未壮，所以叫“弱冠”。柔翰：毛笔。这句是说：二十岁就擅长写文章。②荦：同“跞”。卓跞：才能卓越。这句是说：博览群书，才能卓异。③《过秦》：即《过秦论》，汉贾谊所作。《子虚》：即《子虚赋》，汉司马相如所作。准、拟：以为法则。这两句是说：写论文以《过秦论》为准则，作赋以《子虚赋》为典范。④鸣镝(dí)：响箭，本是匈奴所制造，古时发射它作为战斗的信号。这句是说：边疆苦于敌人的侵犯。⑤檄(xí)：檄文，用来征召的文书，写在一尺二寸长的木简上，上插羽毛，以示紧急，所以叫“羽檄”。这句是说：告急的文书驰传到京师。⑥胄：头盔。甲胄士：战士。这句是说：自己虽不是战士。⑦畴昔：往时。穰(ráng)苴(jū)：春秋时齐国人，善治军。齐景公因为他抵抗燕、晋有功，尊为大司马，所以叫“司马穰苴”，曾著《兵法》若干卷。这句是说从前也读过司马穰苴兵法。⑧这两句是说：放声长啸，其声激扬着清风，心中没有把东吴放在眼里。⑨铅刀一割：用汉班超上疏中的成语。李善注引《东观汉记》：“班超上疏曰：臣乘圣汉威神，冀俲铅刀一割之用。”铅质的刀迟钝，一割之后再难使用。用来比喻自己才能低劣。这句是说自己的才能虽然如铅刀那样迟钝，但仍有一割之用。⑩骋：施。良图：好的计划。这句是说还希望施展一下自己的抱负。⑪眄(miǎn)：看。澄：清。江湘：长江、湘水，是东吴所在，地处东南，所以说“左眄”。羌胡：即少数民族的羌族，在甘肃、青海一带，地在西北，所以说“右盼”。⑫爵：禄位。田庐：家园。这两句是说要学习鲁仲连那样，为平原君却秦兵，功成身退。

【诗解】

左思的《咏史》共八首，它是借咏古人、古事以抒写自己的抱负，区别于一般专咏古人、古事的咏史诗。这一首应是晋武帝咸宁六年（公元280年）平吴以前所作，它是《咏史》的总序。一方面抒写了自己文学才能的卓尔不群；另一方面表明自己精通打仗用兵之道，有保卫边疆之志，并且愿意捐躯奉献，为国立功。

陆　机

陆机（公元261～303年），字士衡，吴郡（今江苏苏州）人。他出身于东吴的大世族地主家庭，祖父陆逊是吴国的丞相，父陆抗是吴国大司马。吴亡之后，他与弟弟陆云到洛阳，以文章为当时士大夫所推重。曾历任平原内史、祭酒、著作郎等职，世称“陆平原”。后死于“八王之乱”，被夷三族。他“少有奇才，文章冠世”（《晋书·陆机传》），与其弟陆云皆为我国西晋时期著名文学家。陆机还是一位杰出的书法家，他的《平复帖》是古代存世最早的名人书法真迹。

当时，陆机以抒写诗歌而著名。吴亡入洛之前，其诗作多抒发国破家亡之感；吴亡入洛之后，其诗作多叙述人生离合之情。不过，其诗作的总体倾向是内容空泛，感情贫乏。但是对于华丽辞藻和工整对偶的竭力追求使他成为形式主义诗风的代表人物。他的赋和文，内容不够深厚，但能表达自己的感触和体会。

陆机的诗作今存104首。此外，他著有《陆士衡集》。近人郝立权撰有《陆士衡诗注》。

赴洛道中作

远游越山川，山川修且广。振策陟崇丘[①]，案辔遵平莽[②]。夕息抱影寐[③]，朝徂衔思往[④]。顿辔倚嵩岩[⑤]，侧听悲风响。清露坠素辉，明月一何朗[⑥]。抚几不能寐[⑦]，振衣独长想[⑧]。

【注释】

①策：古时的马鞭，头上有刺。振策：挥鞭。陟（zhì）：登高。崇丘：高山。这句是说鞭马登上高山。②案：同“按”。案辔：手抚马缰，任马慢步行走。遵：循。平莽：草原。这句是说：按辔让马循平原慢行。③夕息：夜晚休息。抱影：形影相吊，说明孤独。④徂（cú）：往。朝徂：早晨出发。衔思：含悲，说明凄楚。⑤顿：舍、止。顿辔：停马。嵩：高。这句和下句是说：驻马倚着高岩，听见悲风声从旁边传来。⑥素辉：洁白的光辉。一何朗：多么明朗。这两句是说：白光闪烁的清露往下滴，皓月极为明朗。⑦几：小桌子。古人放在座旁，疲倦时可供倚靠。这句是说：面对此情此景抚几不能入睡。⑧振衣：抖动衣服以去灰尘，这里指穿衣。这句是说：重新穿衣而起，独自长想。

【诗解】

《赴洛道中作》共二首，这是第二首。这首诗描绘了作者在旅途中所见的景物，抒发了自己哀伤的心情。精心雕琢，文字工丽，体现了他诗歌的形式主义风格。

陶渊明

陶渊明（公元 365 ~ 427 年），字元亮，号五柳先生，谥号靖节先生，入刘宋后改名潜，浔阳柴桑（今江西九江市西南）人，是中国文学史上的大诗人。他的曾祖陶侃做过大司马，祖父、父亲都做过太守、县令一类的官，外祖做过征西大将军。不过到了他这一代，家境已衰落，因此他一生过着穷困潦倒的生活。

陶渊明身处在晋、刘宋易代的时期，黑暗的政治、尖锐的阶级斗争、激化的民族矛盾，均对他构成深刻影响。

陶渊明青年时期胸怀大志，但在黑暗现实中壮志难酬；中年时期为饥寒所迫，曾做过几任小官；晚年时期完全过着归隐和耕种的生活。

田园生活是陶渊明诗的主要题材，相关作品有《饮酒》、《归园田居》、《桃花源记》、《五柳先生传》、《归去来兮辞》等。这些诗歌表现了他以“自然”为核心的哲学，反映了他的鄙夷功名、理想高远、志趣高洁和守志不阿，表达了他对污秽现实的强烈憎恶和对淳朴农村生活的向往与热爱。

陶渊明不仅能描绘恬淡安适的田园生活，他还能激情四溢慷慨激昂地歌咏和赞扬那些历史上以及神话传说中斗争失败却永不屈服的英雄。

诚然，消极的乐天知命和人生无常的思想在陶渊明的作品中也比较明显，甚至一些颓废没落的情绪也有流露。不过，陶渊明的诗以平淡自然的风格，简洁的语言，含蓄浑厚的意境，在我国古代诗歌史上独放异彩。

陶渊明作品的注本，今存较早的是宋刊巾箱本李公焕《笺注陶渊明集》。另外，有比较通行的是陶澍集注《靖节先生集》。

归园田居

其 一

少无适俗韵，性本爱丘山。误落尘网中[1]，一去三十年。羁鸟恋旧林，池鱼思故渊。开荒南野际，守拙归园田[2]。方宅十余亩，草屋八九间。榆柳荫后檐，桃李罗堂前。暧暧远人村[3]，依依墟里烟[4]。狗吠深巷中，鸡鸣桑树颠。户庭无尘杂，虚室有余闲[5]。久在樊笼里，复得返自然。

【注释】

①尘网：指尘世，官府生活污浊而又拘束，犹如罗网。这里指仕途。②守拙：在潘岳的《闲居赋序》中，有“巧官”、“拙官”二词，巧官即善于钻营，拙官即一些守正不阿的人。守拙的含义即守正不阿。③暧暧：暗淡的样子。④依依：轻柔的样子。墟里：村落。⑤虚室：闲静的屋子。余闲：闲暇。

【诗解】

《归园田居》共五首。这五首所咏是归田之乐。根据诗

文，榆柳成荫，桑麻已长，并不是冬天的景色，所以这应该是归田后第二年所作，即晋安帝义熙二年（公元406年），陶渊明四十二岁。

这首诗描绘了一派宁静和平的田园风光，但这并不是久经战乱的农村的写实景观，而是作者当时心境的形象化反映。这种形象化的心境，体现了他对污浊朝市、险恶环境的批判。所以，辞官归田是适合作者本性的理想选择，因为在这里他可以摆脱官场的羁绊，体会农村的淳朴生活。

饮 酒

其 一

结庐在人境①，而无车马喧。问君何能尔②？心远地自偏。采菊东篱下，悠然见南山③。山气日夕佳④，飞鸟相与还。此中有真意⑤，欲辨已忘言。

【注释】

①结庐：构筑屋子。人境：人间，人类居住的地方。②尔：如此、这样。③悠然：自得的样子。南山：指庐山。④日夕：傍晚。⑤此中：即此时此地的情和境，也即隐居生活。真意：人生的真正意义，即“迷途知返”。这句和下句是说：此中含有人生的真义，想辨别出来，却忘了如何用语言表达。意思是既领会到此中的真意，不屑于说，也不必说。

【诗解】

这首诗是《饮酒》的第五首，作者将那种安贫乐道悠然自得的心境娓娓道来。其点睛之笔在于“心远”一词，意为思想已经远离了仕宦荣华的喧扰，其他方面也自然归于宁静。

杂 诗

其 一

人生无根蒂，飘如陌上尘。分散逐风转，此已非常身①。落地为兄弟，何必骨肉亲？得欢当作乐，斗酒聚比邻。盛年不重来②，一日难再晨。及时当勉励，岁月不待人。

【注释】

①此：指此身。非常身：不是经久不变的身，即不再是盛年壮年之身。②盛年：壮年。

【诗解】

《杂诗》共十二首，这是原诗第一首。在这首诗中，作者提出了人与人之间应有的美好关系：和睦相处，饮酒相聚，快乐互动。这是理想而单纯的生活愿望。这种生活愿望的提出既在于作者感到人生的无常、快乐的易逝，又在于他对当时尘世中的明争暗斗、尔虞我诈、追名逐利和不择手段等恶劣风气的无比厌倦。

南北朝诗

谢灵运

谢灵运（公元385～433年），陈郡阳夏（今河南太康）人，世居会稽（今浙江绍兴）。原为陈郡谢氏士族。东晋名将谢玄之孙，小名“客”，人称谢客。又以袭封康乐公，称谢康公、谢康乐。谢玄死后，十八岁的谢灵运就袭爵康乐公，因称谢康乐。公元420年宋高祖刘裕代晋后，谢灵运降公爵为侯，先后出任永嘉太守及临川内史等职。他自视甚高，却没被重用，所以不满刘宋王朝。谢灵运寄情山水，不恤政事，为人奢豪放浪，喜欢娱乐聚会，夜夜狂欢。元嘉十年因谋反获罪被杀。

谢灵运是著名山水诗人，他擅长使用精雕细琢的语言来记叙游历见闻、描绘自然风光，他抒写的佳句以鲜明的形象、优美的意境而闻名。不过就从全诗来考量，经常是在结尾处落入玄言佛理的窠臼，情绪之消极颓废，社会内容之空洞匮乏，削弱了他作品的价值。甚至，有的时候他的语言过于精工富艳，所以往往比较晦涩难懂。但是，谢灵运大力创作山水诗，从题材上扭转了东晋以来的玄言诗风，使山水诗成中国文学史上的一大流派，对南朝和唐代诗歌的发展有一定的影响。可以说，谢灵运是中国文学史上山水诗派的开创者。谢灵运的作品有《谢康乐集》（明焦竑本）。

石壁精舍还湖中作[①]

昏旦变气候，山水含清晖[②]。清晖能娱人，游子憺忘归[③]。出谷日尚早，入舟阳已微。林壑敛暝色，云霞收夕霏[④]。芰荷迭映蔚[⑤]，蒲稗相因依。披拂趋南径[⑥]，愉悦偃东扉。虑澹物自轻[⑦]，意惬理无违。寄言摄生客[⑧]，试用此道推。

【注释】

①石壁精舍是作者的庄园始宁县（今浙江上虞）始宁墅附近的佛寺。湖，指巫湖。作者经常去石壁精舍游玩。他居住在南山，需要经过中间的巫湖，才能到达北山的石壁精舍。②清晖：指山光水色。③憺（dàn）：安闲舒适。这两句意思是说：山光水色使诗人心旷神怡，以致乐而忘返。④这二句是说：森林山谷之间到处是一片暮色，飞动的云霞已经不见了。⑤芰（jì）：菱。这句是说：湖中芰荷绿叶繁盛互相映照着。⑥披拂：用手拨开草木。⑦澹（dàn）：同“淡”。这句是说：个人得失的考虑淡薄了，自然就会把一切都看得很轻。⑧摄生客：探求养生之道的人。

【诗解】

景平元年（公元423年）秋，诗人辞去永嘉太守的官职，回到始宁墅过起隐居生活。

这首诗就是写作者从石壁精舍返回，傍晚经湖中，泛舟时的景色：出谷时看见山水清晖，入舟时见到云霞、菱荷和蒲稗，登岸后瞧见趋南径、偃东扉，写得井然有序，仿佛一篇精雕细琢的山水游记。最后四句把抒情和议论自然地结合起来，表达出一种隐逸避世的思想。

夜宿石门①

朝搴苑中兰，畏彼霜下歇②。暝还云际宿③，弄此石上月。鸟鸣识夜栖，木落知风发。异音同致听，殊响俱清越。妙物莫为赏，芳醑谁与伐④。美人竟不来，阳阿徒晞发⑤。

【注释】

①作者的别墅就在石门。石门，即石门山，在今浙江省。这首诗又名《石门岩上宿》。②搴（qiān）：拔取。歇：尽，凋谢。③暝（míng）：黄昏。④芳醑（xǔ）：美酒。伐：赞美。这句是说：谁同我一起品尝这好酒。⑤美人：指诗人思念的好友。阳阿：神话中所说的太阳升起的山丘。山南叫阳，曲隅为阿。晞（xī）：晒干。这两句意思是说：没有知心好友同游，只能在阳阿独自晒头发。

【诗解】

诗人夜宿于石门别墅的岩石上，听着鸟鸣风声，感受着秋夜的美景，不禁悲从中来，如此佳色绝景，却无具有高情逸趣的人相伴同游，一起欣赏，孤寂之感油然而生。诗中通过耳闻声音的写法来描绘山中秋夜的独特风光，生动、别致，给读者提供想象的空间。

东阳溪中赠答①

其 一

可怜谁家妇，缘流洗素足。明月在云间，迢迢不可得。

其 二

可怜谁家郎，缘流乘素舸。但问情若为②，月就云中堕③。

【注释】

①东阳溪：即东阳江（今金华江），流经今浙江东阳、金华一带。②若为：若何，如何。③就：从，自。

【诗解】

《东阳溪中赠答》共二首，都是以明月为喻，表达男女双方率真朴实的两情相悦。第一首是男子以歌唱方式表达对濯足姑娘的爱慕之情。第二首是女子对男子的应答，她满心欢喜地回应了乘船男子的爱慕。只要双方有真情实爱做基础，就可以相爱不渝。

这首诗是谢灵运学习民歌之作，一反那种精工华丽的风格，仿佛语言质朴的南朝乐府。

鲍　照

鲍照（约公元 414 ~ 466 年），字明远，东海（今江苏涟水北）人。南朝宋文学家，被认为是南北朝时期文人中成就最高的，与颜延之、谢灵运合称“元嘉三大家”。

鲍照出身贫寒，但很有志气。他先被任为国侍郎，又当过中书舍人，还任前军参军，所以世称鲍参军。后临海王谋反，鲍照死于乱军之中。

鲍照生活在南北分裂、门阀士族当权的时代。虽一生关心国家命运，但因家世贫贱而仕途不畅、饱受压抑，这也就更激化了他对刘宋王朝政治的不满。

他的诗歌要从两个方面来看：一方面，他的诗歌具有明显的社会意义，反映了混战和赋税徭役之下平民百姓的悲苦生活，揭露了士族门阀的腐朽、黑暗，表达了作者强烈的保家卫国的愿望。另一方面，感伤情绪和消极思想在他的诗歌中有所流露。

鲍照的七言诗和杂言乐府继承和发展了汉魏乐府的传统，以慷慨奔放的感情，新奇丰盛的词采，激昂顿挫的音节为特色。特别是他的七言诗，其独特的浪漫主义风格对于唐代诗人产生过重要影响。

今传《鲍参军集》十卷。诗集的注本有黄节《鲍参军诗注》较完善。

梅花落

中庭多杂树，偏为梅咨嗟[①]。“问君何独然？”“念其霜中能作花，露中能作实。摇荡春风媚春日，念尔零落逐寒风，徒有霜华无霜质[②]！”

【注释】

①咨嗟：赞叹声。②尔：指杂树。霜华：霜中的花。华，同“花”。这三句是说：杂树只能在春风中摇曳，在春日下盛开，有的虽然也能在霜中开花，却又随寒风零落而没有耐寒的品质。

【诗解】

这首诗用梅花象征节操高尚的士大夫，以庭中杂树象征没有节操的士大夫。赞美梅花的坚贞、不屈，讽刺杂树的软弱、动摇。两相对比，托讽寓于其间。

赠故人马子乔

其 二

寒灰灭更然[①]，夕华晨更鲜。春冰虽暂解，冬冰复还坚。佳人舍我去，赏爱长绝缘[②]。欢至不留日，感物辄伤年[③]。

【注释】

①然：同“燃”。②赏爱：赏识、爱慕，指二人之间的友好关系。这二句是说：朋友离我而去，以后再没有机会友好共处了。③欢至：即“至欢”，非常快乐的日子。这两句是说：过去那种欢快的日子不能长留，如今看到景物的变化就引起对于时光流逝的感伤。

【诗解】

《赠故人马子乔》诗共六首，这里选的是第二首。诗人用复燃的寒灰、再开的夕花、暂解的春冰和更坚的冬冰这些自然界中常见的事物，来烘托与揭示自己和朋友分手后不能重聚的悲哀，作者就是以这样新颖而巧妙的构思来抒发自己对远别朋友的深深怀念。

其 六

双剑将离别，先在匣中鸣。烟雨交将夕[①]，从此遂分形。雌沉吴江里，雄飞入楚城。吴江深无底，楚关有

崇扃②。一为天地别，岂直限幽明③。神物中不隔，千祀倘还并④。

【注释】

①烟雨交将夕：烟雨交加的黄昏。②崇扃（jiōng）：高大的门户。崇：高。扃：本是外面的门环，这里指门。③岂直：岂但，岂止。限：阻隔。幽明：过去迷信的说法是指冥间与阳世，这里指暗处和明处。这二句是形容距离的遥远，说这一分别不只有阴阳之阻，更是天地之隔。④神物：神奇之物。千祀：千年。倘：倘或，可能。这二句是说：神奇之物是不会长久离散的，可能以后还会聚首。

【诗解】

这首诗是《赠故人马子乔》的第六首。整首诗以双剑的离合作比喻。《晋书·张华传》中记载了关于双剑的故事，豫章（今江西南昌市）人雷焕精通纬象，他看到常有紫气出现在斗牛之间，认为一定是宝剑之精。在张华的派遣下，他去了丰城（今江西丰城）。到达以后，命人掘地四丈余，便见一个石匣，内

装名为龙泉和太阿的两把剑。雷焕将其中一把留给自己，另一把送给张华。后来张华遇害，那剑也没了踪影。雷焕死后，儿子雷华“行经延平津”，他腰里就别着父亲遗留下的剑，忽然剑从腰间跳出，落入水中。雷华命人下水寻剑，岂料没找到剑，只看见两条长数丈的大龙卧在水底。作者就是引用这个故事，把自己和故人比成双剑，虽然现在暂时分开，但是最后终将重逢。借此来寄托对于远别故人的思念以及对再次相聚的渴望。

咏　史

五都矜财雄①，三川养声利②。百金不市死③，明经有高位。京城十二衢，飞甍各鳞次④。仕子彯华缨⑤，游客竦轻辔⑥。明星晨未晞，轩盖已云至⑦。宾御纷飒沓⑧，鞍马光照地。寒暑在一时⑨，繁华及春媚。君平独寂寞，身世两相弃⑩。

【注释】

①五都：西汉时以洛阳、邯郸、临淄、宛、成都为五都。矜：自夸。这句是说：五都的人以财产雄厚自尊自大。②三川：秦郡名，治荥阳（今河南荥阳西南），其地有河、洛、伊三水，所以称三川。养声利：追求名利。这句是说三川的人好追逐名利。③不市死：不死于市中。这句是说有钱即可以做到杀人而不伏法。④衢：大道。飞甍（méng）：高耸的屋脊。鳞次：像鱼鳞一样密

布。这二句是说京城里大路四通八达，高屋密布。⑤飘（piāo）：长带摆动的样子。⑥竦：执。辔：辔头，御马索。轻辔：是指善跑的马。这句是说游者骑着快马而来。⑦轩盖：带篷盖的车，达官贵人所乘。云至：云涌而来，极言其多。⑧宾御：宾客和侍者。飒沓（tà）：众多的样子。⑨一时：一时间，霎时。这二句是说寒暑的变化是很快的，所以如今的繁华兴盛、春光明媚也只是暂时的。⑩君平：汉代蜀人严遵，字君平。他在成都以卖卜为生，每日得百钱则闭门下帘读《老子》，一生不求仕进。这二句是说只有严君平不慕荣利，甘于寂寞，世不用他，他也不去求仕进。

【诗解】

这首诗将精通经学、拥有钱财的当官者和安贫乐道的严君平相对比，讽刺了当官者追名逐利、腐化奢靡，赞扬了严君平甘为寂寞、不慕虚荣。从而表达诗人对于官僚贵族的强烈憎恶，以及自身对耿直高洁品格的坚守。

这首诗从开头到最后两句之前，极力铺陈和渲染京城的豪侈，只有最后两句才写到严君平的自甘寂寞，前后这两种处境构成鲜明对照。由此可见，这首诗题目为咏史，实则借古喻今、反映现实。

这首诗上承左思，下启陈子昂、李白，在文学史上具有承上启下的重要意义。

拟古

其二

十五讽诗书，篇翰靡不通[1]。弱冠参多士[2]，飞步游秦宫。侧睹君子论，预见古人风。两说穷舌端，五车摧笔锋[3]。羞当白璧贶，耻受聊城功[4]。晚节从世务[5]，乘障远和戎[6]。解佩袭犀渠[7]，卷帙奉卢弓[8]。始愿力不及，安知今所终[9]！

【注释】

①讽：背诵。诗书：《诗经》和《尚书》等。翰：笔。这里是泛指各种文章。靡：无。这二句是说十五岁时即会背诵《诗经》、《尚书》，精通文辞。②弱冠：古时男子二十岁成人而行冠礼，年刚二十称为弱冠。参：参谒。多士：指众多的达官显宦。③两说（shuì）：两次劝说。这是用《史记·鲁仲连邹阳列传》所载鲁仲连说新垣衍和下聊城的故事。一次是鲁仲连来到赵国，得知魏王使新垣衍说赵尊秦昭王为帝，他就去责问新垣衍，使得新垣衍闭口不敢再言帝秦之事。另一次是燕人攻占了聊城，齐田单反攻聊城数年不下。鲁仲连就写了封书信用箭射入城中，信里分析了燕将的处境，那燕将得书后就自杀了，于是齐复得聊城。穷舌端：使善辩论的人无言答对。舌端：舌尖，指辩才。《韩诗外传》：

“避文士之笔端，避武士之锋端，避辩士之舌端。”五车：形容书多，可装满五车。笔锋：笔尖，指文才。这二句是说其辩才有如鲁仲连，可以使

对方理屈词穷；其学识极渊博，可以摧折文士们的笔锋。④白璧贶(kuàng)：以白璧相赠。贶，赠送。这用的是庄子或虞卿的故事。据《韩诗外传》记载：楚襄王曾派人以黄金千斤、白璧百双去聘请庄子为相。《史记·平原君虞卿列传》记载：赵孝成王一见虞卿即以黄金百镒、白璧一双相赐。聊城功：指鲁仲连助齐攻下聊城后，齐欲赐给他官爵，他不受而去。这二句是写功成不受赏，不肯收白璧之赠，又耻于接受官爵。⑤晚节：晚年。从：从事。世务：指治国为政。⑥乘障：守御边疆。乘，守。障，边塞地带防御敌人入侵的障堡。和戎：原意是出任使臣，和当时边疆少数民族政权去修订盟好。这里是指以武力征服。⑦解佩：解下玉佩。佩，古代文官和文士们结在衣带上的饰物。袭：穿。犀渠：兽名，犀牛之属。这里是指犀甲，古时甲胄多用犀皮制成。这句是说弃文从武，脱下文士的服饰，穿上了武将的甲胄。⑧卷帙(zhì)：书函，或盛书卷的布囊。古代书为卷轴，盛在布囊之中。奉：承。卢弓：黑色的弓，古代诸侯立大功者天子赐以卢弓、卢矢。这句是说把盛书卷的帙也用来装卢弓了。⑨始愿：最初的志愿。这二句是说自己没有力量实现初愿，只得弃文从武，而从武的结果如何，现在却不得而知。

【诗解】

拟古，即模拟古人的作品。鲍照的《拟古》诗共八首，这里选的是第二首。它主要是继承和发展了阮籍的《咏怀》（“昔时十四五”）和左思的《咏史》（“弱冠弄柔翰”）。

前半部写作者少年时代的从文经历，他善辩、博学、道德高尚、趣味高雅，希望建功立业，又不求回报；后半部分写作者不得不弃文从武，慨叹自己早年的志愿没有实现，又担心今后的命运。由此可见，当时重武轻文的社会风气盛行，作者对此持否定批判态度，从中流露出一种对个人遭遇的无奈和不满。

沈　约

沈约（公元441～513年），字休文，吴兴武康人。南朝史学家、文学家。出身于门阀士族家庭，家族社会地位显赫，历史上有所谓“江东之豪，莫强周、沈”的说法。祖父沈林子，刘宋征虏将军。父亲沈璞，刘宋淮南太守，于元嘉末年被诛。

沈约年幼孤贫流离，但热爱学习，博览群书。青年时期，他已写得一手好文章。他历仕宋、齐、梁三朝，官至尚书令，封建吕侯。他与谢朓、王融一同成为当时文坛上的重要人物。沈约与谢朓等人开创讲求声韵格律的“永明体”，并提出“四声八病”说，对后来格律诗的形成和诗歌形式主义的倾向都具有重要影响。

沈约曾著有《四声谱》，今已不存。现存的著作有《宋书》和辑本《沈隐侯集》。

伤谢朓

吏部佳才杰，文峰振奇响①。调与金石谐，思逐风云上②。岂言陵霜质，忽随人事往③。尺璧尔何冤，一旦同丘壤④。

【注释】

①吏部：指谢朓。谢朓曾为尚书吏部郎。②金石：指钟磬等乐器。谐：和谐。思：才思。风云：形容高超。这两句是说：谢朓的作品音节铿锵，才思超群。③陵霜质：指谢朓不畏强暴的品质。人事：指新陈代谢、生死存亡的现象。这两句是说：哪里想到一个具有凌霜之质的人，很快便死去了呢？④尺璧：径尺之璧，指谢朓是难得的人才。这两句是说：谢朓你这样的人才，一旦埋没在丘壤之中多么冤枉啊！

【诗解】

这是一首悼亡诗，哀悼谢朓含冤而死。作者对谢朓的文学才华、思想品格都有极高评价。炽热的感情、强烈的义愤和独到的见解隐藏在作品的字里行间中。

江　淹

江淹（公元 444 ~ 505 年），字文通，济阳考城（今河南兰考）人。南朝著名文学家，历仕宋、齐、梁三朝。江淹年少孤贫好学，六岁能作诗。二十岁左右，他初涉官场不甚得志。三十多岁时，齐高帝萧道成执政，大受重用。于梁武帝萧衍执政时期阖然长逝，时年六十一岁。

江淹早有文学才华之名，但到晚年才思减退，时人谓之“才尽”。江淹的诗和赋都有较高成就。其特点在于既擅长模拟，又善于抒情。

作品有《江醴陵集》。

效　古

其　一

岁暮怀感伤，中夕弄清琴[①]。戾戾曙风急，团团明月阴[②]。孤云出北山，宿鸟惊东林。谁谓人道广，忧慨自相寻[③]。宁知霜雪后，独见松竹心[④]。

【注释】

①中夕：即夜中。②戾戾：猛烈。③人道：指为人处世之道。相寻：频仍，不断。这两句是说：谁说人生的道路宽广？灾难一个接着一个。④霜雪：等于说“岁寒”。松竹心：松柏后凋的特性，这里比喻忠心。这两句是说：我现在进献忠言你不采纳，你哪里知道，只有遇到灾难之后，才会看出我的忠贞

之心！

【诗解】

江淹的《效古》诗共十五首，这是其一。这首诗题为《效古》，其实是借古讽今。相传，江淹随宋建平王镇守荆州的时候，景素阴谋造反，江淹劝谏无效，于是他作此《效古》诗以讽谏。

谢 朓

谢朓（公元464～499年），字玄晖，陈郡阳夏（今河南太康附近）人。南朝齐著名诗人，出身世家大族。年少出名，因曾出任宣城太守，所以又称他“谢宣城”。齐东昏侯永元元年（公元499年），在统治阶级内部斗争中，因为他不肯参与萧遥光谋反而被陷害，卒年三十五岁。

谢朓的诗作现存二百多首，其中山水诗的成就很高。他的山水诗一扫玄言余习，写景抒情清新自然，风格清俊秀丽，富有情致，且佳句颇多。如“余霞散成绮，澄江静如练”（《晚登三山还望京邑》）、“天际识归舟，云中辨江树”（《之宣城郡出新林浦向板桥》）、“鱼戏新荷动，鸟散余花落”（《游东田》）等，至今脍炙人口。

从谢朓现存的作品看，他的五言诗具有寄情山水，不杂玄言的崭新特色，号称“永明体”。虽然曾受谢灵运的影响，但其深刻的内容和清丽的文采都超过谢灵运。在今天看来，他的诗对唐代诗人有较大影响。此外，谢朓的赋也写得清丽脱俗，对后代也有深刻影响。

作品有《谢宣城集》。

晚登三山还望京邑

灞涘望长安[1]，河阳视京县[2]。白日丽飞甍，参差皆可见。余霞散成绮[3]，澄江静如练。喧鸟覆春洲，杂英满芳甸。去矣方滞淫[4]，怀哉罢欢宴。佳期怅何许[5]，泪下如流霰[6]。有情知望乡，谁能鬒不变[7]！

【注释】

①灞涘：灞水岸。王粲《七哀诗》："南登灞陵岸，回首望长安。"这句是借王粲望长安比喻自己望京邑。涘（sì），水边。②河阳：县名，故城在今河南。京县：指洛阳。潘岳《河阳县诗》："引领望京室。"这句是借潘岳望洛阳比喻自己望京邑。③绮：锦缎。④方：将。滞淫：久留。⑤佳期：指还乡邑之期。⑥霰（xiàn）：雪粒。⑦鬒（zhěn）：黑发。

【诗解】

三山，在今南京市西南长江南岸，上有三峰，南北相连。京邑，指建业（今南京市）。

这首诗大概是谢朓离开建业，出任宣城太守，路上经过三山，眺望远方时所作。诗歌抒发了作者登山眺望时诱发的思乡之情。

王孙游

绿草蔓如丝[1]，杂树红英发。无论君不归[2]，君归芳已歇[3]。

【注释】

①蔓：蔓延。②无论：莫说。③歇：尽。这两句是说：莫说你不回来，即使回来，春天也过去了。

【诗解】

这首诗描绘了在春光明媚的季节里，一个女子深深思念离家远行的丈夫，希望他早日归来，但实际上即使男人可能回来，女人也已成了萎谢之花。本诗最后一句“君归芳已歇”点破了“美人迟暮”的悲哀。

之宣城郡出新林浦向板桥

江路西南永，归流东北骛[①]。天际识归舟，云中辨江树。旅思倦摇摇，孤游昔已屡。既欢怀禄情，复协沧州趣[②]。嚣尘自兹隔，赏心于此遇[③]。虽无玄豹姿，终隐南山雾[④]。

【注释】

①永：长。归流：指归海的江水。骛（wù）：奔驰。②怀禄：贪图俸禄，指做官。协：适合。沧州：也作苍州，滨水的地方，

古时指隐者的住处。这两句是说：这次去宣城既满足了贪恋做官的欲望，又符合隐居的兴趣。③嚣尘：指充满着嘈杂声音和污浊烟尘的人世。赏心：游赏的乐趣。这两句是说：从此以后就可以离开人烟扰攘的地方去过悠闲自得的生活了。④这里用的是《列女传》中的一个故事。故事中说南山有玄豹，遇到雾雨便一连七日都不出来，以避免受害。两句的意思是：我自己虽然没南山的玄豹那样的才智，善于避害，但也终于隐遁起来了。

【诗解】

这首诗大概是作者出任宣城太守时在路上所作。诗中表达了他倦于独自旅行的情感，同时也表示了对于远离嚣尘过隐居生活的热烈向往。

观朝雨

朔风吹飞雨，萧条江上来[①]。既洒百常观，复集九成台。空濛如薄雾，散漫似轻埃。平明振衣坐，重门犹未开[②]。耳目暂无扰，怀古信悠哉。戢翼希骧首，乘流畏曝鳃[③]。动息无兼遂，歧路多徘徊。方同战胜者，去鶇北山莱[④]。

【注释】

①朔风：北风。萧条：冷落。②平明：清晨。振衣：抖衣，穿衣时抖掉尘垢。重门：指宫门。这两句是说：清晨起来整衣而坐（等待上朝），但宫门还没有开。③戢（jí）翼：即敛翼不飞，

比喻隐居。骧首：马首上举，比喻出仕。传说黄河里的大鱼游到龙门，如能溯游上去，便化而为龙；如不能上去，便曝鳃而止。比喻仕途艰难。这两句是说：隐居时想要出仕，而临到做官时又怕仕途艰险。④战胜：指隐居的思想战胜出仕的念头。孔子的门人子夏说过："吾入见先王之义则荣之，出见富贵又荣之，二者战于胸臆，故臞（qú）也。今见先王之义战胜，故肥也。"北山莱：《诗经·小雅·南山有台》：北山有莱。莱：草。这两句是说：归隐和做官两种思想变战于胸中，结果归隐的思想战胜了，还是到山里去耕地吧。

【诗解】

这是一首借景抒情的诗。因为清晨大雨来临，宫门不开，于是可以暂时躲开世间烦恼，在超现实的世界里悠然自得。

作者是为官之人。可是他一面在做官，一面又想远离凡俗，心情之矛盾、进退之两难自不待言。不过，最终出仕的念头为隐居的思想所战胜，作者决心退隐。

玉阶怨

夕殿下珠帘，流萤飞复息①。长夜缝罗衣，思君此何极②！

【注释】

①这两句是说：遥望宫殿，

见皇帝已经垂帘入寝，院中只有流萤飞来飞去。②此：如此，这样。这两句说，宫女长夜不眠，缝制罗衣，思君之情何时了！

【诗解】

这是一首用乐府旧题写的宫怨诗，表达了宫女长年见不到君王的怨情。

吴　均

吴均（公元 469 ~ 520 年），字叔庠，吴兴故彰（今浙江安吉西北）人。南朝齐梁时期的文学家、史学家。

吴均出身寒贱，好学有俊才。其诗文受到沈约称赞，诗文自成一家，称为“吴均体”。

梁武帝天监初年，吴均先为郡主簿，又被建安王萧伟引为记室，再被临川王萧宏推荐给武帝，大受欣赏。后官至奉朝请（一种闲职文官）。

吴均曾欲撰《齐书》，求借齐起居注及群臣行状，武帝不许，于是私撰《齐春秋》，触犯武帝，书被焚，人被免职。不久奉旨撰写《通史》，未及成书即去世。卒于普通元年（公元 520 年），时年五十一岁。

吴均的诗文很有特点。音韵和谐，风格清丽，语言明畅，用典贴切，无堆砌之弊。虽辞藻华美，但不失刚健清新的气息，有鲍照余绪，有些作品甚至表现出寒士的雄心和骨气，在当时颇有影响。

吴均的作品，现存诗歌多是乐府、赠答、咏物之作。有辑本《吴朝请集》。

主人池前鹤[①]

本自乘轩者，为君阶下禽[②]。摧藏多好貌，清唳有奇音[③]。稻粱惠既重，华池遇亦深[④]。怀恩未忍去，非无江海心[⑤]。

【注释】

①主人：指柳恽。池前鹤：吴均自指。②乘轩者：春秋时卫懿公喜养鹤，把鹤分成若干等级，上等鹤有乘轩者。轩：车。这两句是说：我本来是个应该受到“乘轩”待遇的鹤，但结果却成了你阶下饲养的禽了。比喻自己对得到一般待遇的不满心情。③摧藏：古诗《焦仲卿妻》有“摧藏马悲哀”句，闻一多疑即“凄怆”之义。清唳（lì）：指鹤鸣声。唳，鹤鸣声。这两句是说：鹤的长相好看，鸣声嘹亮。比喻自己有很好的品质、很高的才能。④稻粱：给鹤吃的饲料，比喻给人的俸禄。华池：给鹤栖止的地方，比喻给人的官位。这两句是说：自己得到的恩惠很重、受到的恩遇也很深了。⑤江海心：指远大的志向。从鹤来说，它并不是不想飞往大江大海，只是因为念及主人的恩情才不忍远去。比喻自己并非没有远大的志向，只因感激柳恽的恩情而不忍离去。

【诗解】

这首诗通过描绘鹤的遭遇，暗示自己被大材小用。但是，柳恽有恩于他，且恩惠很重、恩遇很深。纵使他有离开这里去施展远大抱负的雄心壮志，朋友之谊也使他不愿破坏情感、不能忘恩负义。这种郁郁心情就构成吴均托物言志诗的一个基调。

山中杂诗

山际见来烟，竹中窥落日。鸟向檐上飞，云从窗里出。

【诗解】

本篇是《山中杂诗》的三首之一。这首诗以抒写幽静的山居环境来表达闲适自得的心情。动静结合，宛如四幅画面感极强的山居图。

徐陵

徐陵（公元 507 ~ 582 年），字孝穆，东海郯（今山东郯城）人。徐摛之子。南朝梁陈间的诗人，文学家。徐陵早年以诗文闻名。八岁能写文章，十二岁读通《庄子》、《老子》。长大后，广涉史籍，颇有口才。

梁武帝萧衍时期，徐陵任东宫学士，成为当时宫体诗人，与庾信齐名，并称“徐庾”。入陈后历任尚书左仆射、中书监等职，继续宫体诗创作，诗文皆以轻靡绮艳见称。同时，他也写过一些描写边塞风光的作品。作品有辑本《徐孝穆集》六卷，又编有《玉台新咏》十卷。

关山月

关山三五月，客子忆秦川。思妇高楼上，当窗应未眠。星旗映疏勒，云阵上祁连[①]。战气今如此，从军复几年[②]！

【注释】

①星旗：即旗星，古人认为此星是战争的征象。疏勒：汉时西域诸国之一。疏勒城在今新疆疏勒。云阵：即阵云，也是战争的征象。祁连：即祁连山，在今甘肃西部和青海东北部。这两句是说：旗星照在疏勒城头，阵云布在祁连山上。②战气：即战争的气氛。这两句是说：战争的气氛如此浓厚，从军的时间还要几年才能结束呢?

【诗解】

这首诗从征夫的角度抒写了征夫与思妇之间的思念之情，在改变宫体诗方面起到了一定的作用。

庾 信

庾信（公元 513 ~ 581 年），字子山，南阳新野（今河南新野）人，梁朝宫廷文人庾肩吾之子。他早年博览群书，父子出入宫廷，深受宠信。后来又与徐陵一起任萧纲的东宫学士，成为宫体文学的代表作家。他们的文学风格，也被称为“徐庾体”。

侯景叛乱时，庾信任建康令，后辅佐梁元帝，还奉命出使西魏，官至骠骑大将军、开府仪同三司。

早年在梁时，庾信以宫廷文人的身份写作，当时他写的诗赋思想贫乏，内容空虚。晚年羁留长安之后，庾信被奉为文学宗师，礼遇丰厚，但他一直不忘故国乡土。这使得很多诗篇都洋溢着国破家亡、感伤身世的情感，尤其是后期作品拥有了比较深广的社会内容，思想意义和艺术价值都远远超过前期作品。这些诗篇在文学史上具有相当重要的影响，后代诗人往往从中受益匪浅。

由于不能回归故国，所以庾信处在矛盾之中。一方面身为显贵，被奉为文学宗师，受皇帝礼遇，与诸王结交。另一方面深切思念故土，为自己仕敌国而羞愧，因失去自由而怨愤。如此终老，死于隋文帝开皇元年。有《庾子山集》存世。

拟咏怀

其 一

俎豆非所习，帷幄复无谋[①]。不言班定远，应为万里侯[②]。燕客思辽水，秦人望陇头[③]。倡家遭强聘，质子

值仍留[4]。自怜才智尽，空伤年鬓秋[5]。

【注释】

①俎豆：俎(zǔ)，古代祭祀时盛放牛羊的礼器。豆，古代高足食器。"俎"、"豆" 合言，代指朝廷的典礼。帷幄(wò)：军帐，一般用以代指古代军中的指挥部或谋略。这两句是说：自己既没有应酬于敌国庙堂的办法，也没有带兵打仗的谋略。②班定远：班超，汉班超出使西域，曾封为定远侯。这两句是说：自己并不是像班超那样由于立功西域而封侯于万里之外。③辽水：即大辽水，今名辽河，在辽宁省西部，古代属燕国。陇头：即陇山，在陕西，古时属秦地。登山可望秦州(今甘肃南部一带)。这两句是说：自己思念家乡，就像燕客之思念辽水，秦人之瞻望秦州一样。④倡家：歌伎。质子：作抵押的诸侯国君之子。这两句是说：自己被羁留就如同歌伎被强聘、质子被扣留一样，并非心甘情愿。⑤这两句是说：自己才智已尽、年岁已老，抚今思昔，空自悲伤。

【诗解】

庾信的《拟咏怀》共二十七首，是仿阮籍《咏怀》八十二首之作。

阮籍的《咏怀》写的是改朝换代之际，他的内心痛苦。庾信的拟作，尽管所寄托的身世飘零之感有所不同，但抒发内心的痛苦是相通的。这些诗大都是描绘乱世流离、感叹漂泊身世、慨叹羁留北地、怀念故国乡土的作品。用笔悲壮苍凉，极富特色。

本诗写庾信身为宫廷文人，礼制、兵谋、带兵、出使，皆非所长。打败仗，被羁留，年衰才尽，无计可施。这些慨叹，切合实际，可以称为发自肺腑的诗作。

其十一

摇落秋为气，凄凉多怨情①。啼枯湘水竹，哭坏杞梁城②。天亡遭愤战，日蹙值愁兵③。直虹朝映垒，长星夜落营④。楚歌饶恨曲，南风多死声⑤。眼前一杯酒，谁论身后名⑥。

【注释】

①摇落秋为气：宋玉《九辩》有“悲哉秋之为气也，萧瑟兮草木摇落而变衰”的句子，这两句就是取用其意，也就是说秋天草木凋落，景象凄凉，使人产生悲怨之情。②啼枯湘水竹：相传舜之二妃于舜死之后在湘水一带啼哭，涕泣挥洒在竹上，便染上斑痕，后人名为湘妃竹，也即湘水竹。哭坏杞梁城：传说春秋时齐国大夫杞梁（又名殖）战死在外，他的妻子哭着说：“上则无父，中则无夫，下则无子，人生之苦至矣。”于是放声大哭，这一哭把城墙都哭倒了。这两句是说：江陵之败，全国上下，同声一哭。倪璠注说：“江陵之败，君臣被戮，杀伤者众，有夫妻离别之苦。”可作参考。③天亡：项羽说过：“天之亡我，非战之罪也。”即是说：自己灭亡是由于天意。愤战：指激烈的战斗。日蹙：指日色无光，也即是讲天时不利。愁兵：指苦战的军队。这两句合起来的意思是说：天命注定梁要灭亡，尽管经过艰苦的战

斗也终于失败了。④直虹：虹垂至地的现象。古时传说虹头尾至地，是流血的征兆。垒：营垒。长星：史书记载，蜀后主建兴十三年，诸葛亮率兵伐魏，屯驻在渭南，这时有长星自东北方向西南方流驶，落在诸葛亮的军营里。据说这是打败仗的征兆。这两句的意思是说：梁朝江陵之败是有预兆的。⑤楚歌：楚人之歌。项羽被围于垓下时，曾夜闻四面楚歌。南风：指南方楚地的歌曲。《左传》襄公二十八年记载有“南风不竞、多死声”的话。这两句也是说：江陵被围困时，大势已去，天命注定灭亡。⑥这两句是说：国破家亡由于天命，自己也无可奈何，姑且借酒消愁，身后之名也就不能顾及了。又倪璠注，以为这里有讽刺梁朝君臣当年苟且偷安而不顾长远之计的意思，可供参考。

【诗解】

这首诗描绘了凄凉秋景，触动了庾信的亡国之痛。梁朝灭亡，本是君臣不恤国事所致，是历史发展的必然结果，但庾信却认为是命中注定，所以无可奈何。他身为南人，心系南朝，却羁留北方，是不得已而为之。眼前虽有礼遇厚待，但只是苟且偷生，根本谈不到身后之名。这是痛心疾首的肺腑之言。

寄王琳[1]

玉关道路远，金陵信使疏[2]。独下千行泪，开君万里书[3]。

【注释】

①王琳：字子珩，梁将，平侯景之乱有功。元帝被杀后，魏立萧詧（chá）为傀儡，王琳曾举兵攻萧詧。其后陈霸先篡梁帝位，王琳又曾讨伐陈霸先，兵败被杀。庾信对这人是赞许的。②玉关：玉门关，在今甘肃敦煌。这里代指自己所在之地。金陵：梁的故都，即南京。这两句是说：自己身在边远之地，故国的音信稀少。句意与“榆关断音信，汉使绝经过”相同。③这两句应是：开君万里书，独下千行泪。即是说：看到来信，无限伤心。

【诗解】

庾信是羁留北地的南人，由于好久不见故国人来，又长期不得故国消息，而来信者王琳恰是来自南地，庾信一见万里来信，不禁感动得热泪盈眶。这是庾信接到王琳的信后写给他的一首诗。这首诗表达了庾信对故国乡土的思念。

乌夜啼

促柱繁弦非子夜，歌声舞态异前溪[①]。御史府中何处宿，洛阳城头那得栖[②]？弹琴蜀郡卓家女，织锦秦川窦氏妻。讵不自惊长落泪，到头啼乌恒夜啼[③]。

【注释】

①柱：琴瑟等乐器上绷弦的枕木，用于调弦。促柱：距离短促的调弦柱。柱促则弦紧，琴瑟必然音高且急。繁弦：指众多的弦。子夜：晋曲名。前溪：晋舞曲名。这两句是说：听到促柱繁弦所奏出的曲调不似“子夜”，也不似“前溪”，这就暗示所奏的乃是“乌夜啼”。②汉时御史府中有柏树，常有野乌栖宿其上。又后汉童谣有“城上乌，尾毕逋”之句。后汉都于洛阳。这两句是说乌鸦曾在御史府中住宿，又在洛阳城上栖止，它们究竟住在哪里呢？这两句也是用乌鸦的典故暗示所奏之曲乃是“乌夜啼”。③卓家女：卓文君，卓王孙之女，临邛人，今属四川邛崃，所以称蜀郡。文君寡居，因闻司马相如弹琴而私奔。窦氏妻：前秦窦韬之妻苏蕙，窦韬曾为秦州刺史。窦韬徙沙漠，苏蕙曾织锦作诗寄给他。这里引用卓文君和苏蕙的故事，是说像她们这样的寡妇、思妇，听到乌鸦夜啼，岂不吃惊落泪？但不管人们听了怎样，乌鸦总是夜里啼叫的。

【诗解】

刘熙载《艺概》说庾信的《乌夜啼》“开唐七律”，这首诗在诗歌形式的发展上值得注意。

长干曲①

逆浪故相邀②，菱舟不怕摇③。妾家扬子住④，便弄广陵潮⑤。

【注释】

①《长干曲》属于“杂曲歌辞”，只有五言四句一首。长干，是古代金陵（今南京市）的里巷名。从诗中所涉及的地点看，《长干曲》应是江都附近长江上的渔家歌曲。②逆浪：迎面打来的浪头。邀：阻拦。这句话是说：逆水行舟时迎面打来的浪头好像是故意要挡住人的去路。③菱舟：小船。④妾：古时女子的自称。扬子：即扬子津，长江上的一个渡口，在今江苏省扬州市南。⑤便（pián）：便习，习惯。广陵：古郡名，广陵郡治在今江苏省扬州市东北。广陵潮：指这一带扬子江中的潮水。弄潮，即驾舟在浪潮中行驶。

【诗解】

这首诗以豪迈泼辣的感情、生动

形象的语言、和谐优美的音韵，反映了带有鲜明特点的水乡生活，成为南朝民歌中很出色的一篇作品。

西洲曲

忆梅下西洲，折梅寄江北①。单衫杏子红，双鬓鸦雏色②。西洲在何处？两桨桥头渡③。日暮伯劳飞，风吹乌臼树④。树下即门前，门中露翠钿⑤。开门郎不至，出门采红莲⑥。采莲南塘秋，莲花过人头。低头弄莲子，莲子青如水。置莲怀袖中，莲心彻底红。忆郎郎不至，仰头望飞鸿⑦。鸿飞满西洲，望郎上青楼⑧。楼高望不见，尽日栏杆头。栏杆十二曲，垂手明如玉⑨。卷帘天自高，海水摇空绿⑩。海水梦悠悠⑪，君愁我亦愁。南风知我意，吹梦到西洲⑫。

【注释】

①下：飘落。这二句是说：因回忆起梅花飘落的时候曾在西洲聚会，所以当梅花开时便又折梅寄给已去江北的爱人。②杏子红：一本作“杏子黄”，即杏黄色。鸦雏色：是说妇女的头发像小乌鸦羽毛那样又黑又亮。③两桨桥头渡：划动双桨即可到达桥头的渡口。指西洲的所在。④伯劳：一种鸣禽，亦名博劳，又名鵙（jué），本字作“鶪”。《诗经·七月》：“七月鸣鵙”，伯劳仲夏始鸣。乌臼树：亦名乌桕（jiù）。一种高大的落叶乔木。⑤翠钿（diàn）：用翠玉制作或镶嵌的首饰。⑥莲：以下几句的“莲”字，

都有双关的意思。⑦望飞鸿：古人有鸿雁传书的说法，所以“望飞鸿”即盼望书信。⑧青楼：涂饰青漆的楼房，古时谓妇女之所居。⑨垂手：是说女子垂下扶着栏杆的手。⑩海水：即江水。一说指秋夜的蓝天。⑪海水梦悠悠：是说思梦如海水悠悠不断。⑫这二句是说：希望南风能理解她对爱人的思念之情，把她送到在西洲团聚的美梦中去，即希望在梦中相会。

【诗解】

温庭筠写的《西洲曲》中有这样两句“西洲风色好，遥见武昌楼”，由此推断西洲大概在武昌附近，可能是武昌西南方长江中的鹦鹉洲。

《西洲曲》表现了居住在西洲附近的一个女子，因爱人去了江北而苦苦思念和痴痴等待爱人归来的思想感情。在写法上，把侧面描写与人物的自我抒情融为一体，以客观景物的变化来衬托人物的主观情感。在语言上，本诗富有极强的音乐节奏感，呈现出婉约而细致的风格特点，恰好体现了南朝民歌的特色。

北朝乐府

企喻歌

其　一

男儿欲作健[①]，结伴不须多。鹞子经天飞，群雀两向波[②]。

【注释】

①作健：去行豪健之事。②鹞子：一种似鹰而小的猛禽。两向：向左右两边。波：即“播”，逃散。一说言左右飞逃像波涌。这二句是说：这一健儿来到时，人们都纷纷遁逃，就像鹞子在天空一飞，鸟雀都向两旁飞散一样。

【诗解】

《企喻歌》共四首，它们都以朴素、自然的语言，表现一种勇敢、粗犷的精神，充分体现北朝民歌的特色。这里选取的第一首，以鹞子为喻，赞扬一个孤胆英雄的威风凛凛、纵横驰骋、所向披靡。

敕勒歌[①]

敕勒川，阴山下[②]。天似穹庐[③]，笼盖四野。天苍苍，野茫茫。风吹草低见牛羊。

【注释】

①敕勒：北朝时居住在今山西北部和内蒙古南部的游牧民族。《敕勒歌》就是流传于敕勒族中的民歌。②敕勒川：泛指敕勒族游牧的草原，或云即今内蒙古土默特旗一带。阴山：在今内蒙古自治区。③穹（qióng）庐：毡帐，即蒙古包。

【诗解】

这首诗描绘了壮美的草原风光：阴山脚下，土地辽阔、牧草丰茂、牛羊肥壮。其风格奔放雄浑，是文学史上声誉极高的一首民歌。

木兰诗

唧唧复唧唧，木兰当户织。不闻机杼声，唯闻女叹息。问女何所思？问女何所忆？女亦无所思，女亦无所忆[①]。昨夜见军帖，可汗大点兵，军书十二卷，卷卷有爷名。阿爷无大儿，木兰无长兄，愿为市鞍马[②]，从此替爷征。

东市买骏马，西市买鞍鞯，南市买辔头，北市买长鞭。旦辞爷娘去，暮宿黄河边。不闻爷娘唤女声，但闻黄河流水鸣溅溅。旦辞黄河去，暮至黑山头，不闻爷娘唤女声，但闻燕山胡骑鸣啾啾。

万里赴戎机，关山度若飞[③]。朔气传金柝，寒光照铁衣[④]。将军百战死，壮士十年归。

归来见天子，天子坐明堂。策勋十二转，赏赐百千强。可汗问所欲，木兰不用尚书郎，愿驰千里足，送儿还故乡⑤。

爷娘闻女来，出郭相扶将⑥。阿姊闻妹来，当户理红妆⑦。小弟闻姊来，磨刀霍霍向猪羊。开我东阁门，坐我西阁床。脱我战时袍，著我旧时裳。当窗理云鬓⑧，对镜帖花黄⑨。出门看火伴⑩，火伴皆惊忙⑪。同行十二年，不知木兰是女郎。

雄兔脚扑朔⑫，雌兔眼迷离⑬。双兔傍地走⑭，安能辨我是雄雌？

【注释】

①忆：思念。②市鞍马：购买马鞍和马匹。据《新唐书·兵志》记载：起自西魏的府兵制规定从军的人要自备武器、粮食和衣服。③戎机：军机，这里指战争。这二句是说：到万里之外从军作战，像飞一样迅速地度过了雄关大山。④朔气：北方的寒风冷气。朔，北方。金柝(tuò)：即刁斗，一种用铜做成的器皿，容量相当于一斗，形状似带柄的锅，是古时军中用具，白天当锅做饭，晚上当梆子打更。这二句是说：在夜里北风传送着刁斗声，寒冷的月光照射着铠甲战袍。⑤驰：一作“借”。这二句是说：希望骑上一匹骏马回到家乡去。⑥郭：外城。相扶将：互相搀扶着。是说父母互相搀扶着到城外来迎接木兰。⑦理红妆：梳妆打扮。⑧云鬓：指头发。⑨对镜：原作“挂镜”，据《诗纪》改。帖：同“贴”。花黄：古代妇女的面饰，黄色。王士禛《五代

诗话》卷四引《西神脞说》:“妇人匀面，古惟施朱傅粉而已。至六朝，乃兼尚黄。”⑩火：通“伙”。⑪忙：一作“惶”。⑫扑朔：形容兔前后脚扑打不齐。⑬迷离：形容眼神不定。⑭傍地：挨着。傍，依傍。走，跑。

【诗解】

《木兰诗》共二首。均讲述木兰女扮男装替父从军的故事。这里选取的是第一首。《木兰诗》体现了故事情节完整性与人物性格丰满性的完美统一。在这个起因、经过和结果三者兼具的故事里，一个淳朴善良、勇敢刚毅的女性形象浮现出来。她热爱家乡，鄙弃利禄，在战场上如同一个血性男儿，在家里是一个孝顺的女儿。在典型环境中塑造典型人物，使得《木兰诗》具有很强的现实主义色彩。此外，《木兰诗》还充满乐观主义精神和浪漫主义色彩。一个女子征战沙场并且胜利归来，没有强大的乐观主义主义精神何以成就？一个姑娘完全从女性身份中跳脱出来，如同男人那样出生入死，这是浪漫之所在。再有，《木兰诗》里，拥有严谨的结构安排、具体的场景描写和细致的心理刻画，语言更是形象鲜明、生动活泼。总之，这首诗从思想、题材到艺术技巧都对后世文学产生很大影响。

唐 诗

唐诗是我国优秀的文学遗产之一，也是世界文学宝库中的一颗璀璨的明珠。这颗明珠的出现，一方面固然是文学本身不断发展变革的结果，但更为根本的还是由当时的社会基础和历史条件所决定的。

唐代诗歌的发展过程，大致可以分为初唐、盛唐、中唐、晚唐四个阶段。

这一时期，诗歌形成了现实主义和浪漫主义的光辉传统，总结了创作经验。

唐诗的内容丰富，可谓空前。它反映了唐代的历史发展过程，也反映了社会各阶层人民的生活状况和精神面貌。可以说，唐诗是唐代社会的一个缩影。它在文学上和生活上都丰富了人们的想象，至今仍然生机盎然。唐诗中承载的积极向上的高尚节操，最终成为一种激励中华民族生生不息的博大精神。

骆宾王

骆宾王（公元 622 ~ 684 年），婺州义乌（今属浙江）人。幼年即聪明过人，七岁能作诗。高宗朝初为道王府属，后历任奉礼郎、武功主簿、长安主簿、侍御史。因数度上疏言事，获罪下狱，贬临海（今属浙江）丞。后随徐敬业起兵讨武后，作檄斥其罪。敬业兵败，骆宾王被杀（一说逃亡不知所之）。骆宾王是“初唐四杰”之一，尤擅七言歌行，其诗笔调宏肆，风格雄放。《全唐诗》收诗三卷。

在狱咏蝉

西陆蝉声唱[①]，南冠客思深[②]。不堪玄鬓影[③]，来对白头吟[④]。

露重飞难进，风多响易沉。无人信高洁，谁为表予心[⑤]？

【注释】

①西陆：秋天。②南冠：此为囚徒之义。《左传·成公九年》：“晋侯观于军府，见钟仪，问之曰：‘南冠而絷者谁也？’有司对曰：‘郑人所献楚囚也。’”③玄鬓：指黑色的蝉翼。④白头吟：汉司马相如发迹后对卓文君爱情不专，文君作《白头吟》给相如，中有“愿得一心人，白头不相离”句，作者此处引来喻自己对国

家的一片赤诚被辜负。⑤予：我。

【诗解】

距离诗人囚禁之所不远的地方有数株古槐，夕阳西下时，苍郁的树冠中总能传来悲切的蝉鸣，一声声，一阵阵，冲击着诗人的心灵。蝉首色黑，对比着愁苦沉吟的作者鬓发的霜色。人们认为蝉餐风饮露、清洁自守，诗人用它来比喻自己品质操行。诗人借叹蝉在秋风重露中艰难飞行、徒然鸣叫而寄托自己受难却无处申诉之悲，诗人反问世人：没有人相信我的高洁品性，谁愿代我表白一片冰心。

王　勃

王勃（公元650～676年）字子安，绛州龙门（今山西河津）人。出身望族，祖父王通为隋末大儒。王勃早慧，高宗麟德三年（公元666年）应举及第，曾任虢州参军，后往海南探父，溺水受惊而死。王勃与杨炯、卢照邻、骆宾王并称“初唐四杰”，其诗多抒发个人情志，又少量抒发政治感慨、抨击时弊之作。擅长五言律诗、五言绝句，诗风清新秀丽。《全唐诗》存诗二卷。

送杜少府之任蜀州①

城阙辅三秦②，风烟望五津③。与君离别意，同是宦游人④。

海内存知己，天涯若比邻。无为在歧路⑤，儿女共

沾巾。

【注释】

①少府：县尉。之任：赴任。②辅：环抱。三秦：项羽灭秦后，分秦之旧地为雍、塞、翟三国，统称“三秦”。③五津：指岷江的五大渡口，即白华津、万里津、江首津、涉头津、江南津，皆在蜀中。④宦游人：出外做官之人。⑤无为：不要。歧路：分岔路口，古人送行常至路的岔口而分手。

【诗解】

此诗是王勃送友人去四川时所写。起首两句渲染出一派壮阔景象，将相隔千里的秦、蜀两地写于一张画面之上，突出了“展望”之意。“与君”二句承首联写惜别，尽显惺惺相惜之情。“海内存知己，天涯若比邻”十字慷慨发挥，谓知己之心不会受到距离的影响，虽然海角天涯，却因为心的紧紧相连而如同比邻。结语处殷勤劝慰即将远行的朋友不要像小儿女一般饮泣落泪，表现了作者豁达的胸襟和奋发向上的精神风貌。

贺知章

贺知章（公元659～744年），字季真，自号四明狂客，越州永兴（今浙江萧山）人。武后证圣元年（公元695年）登进士第，由张说奏荐入丽正殿修书，后迁礼部侍郎、太子宾客，官至秘书监，故称贺监。为人旷达不羁，好饮酒，善谈笑，与张旭、包融、张若虚号为“吴中四士”，最后还隐镜湖。能诗善书，诗风清新明快。

回乡偶书

少小离家老大回，乡音无改鬓毛衰①。
儿童相见不相识，笑问客从何处来？

【注释】

①衰（cuī）：稀少。

【诗解】

诗的前两句叙述自己从小离家年老方归的身世，写出如今乡音未改而鬓发已白的情状，蕴含着深深的伤老情绪。后二句展现了一幕富于戏剧性的儿童笑问的场面，寄寓着作者对久别故乡后反主为客的无限感慨。此诗贵在亲切质朴的语言和浓浓的人情味。

陈子昂

陈子昂（公元 661 ~ 702 年），字伯玉，梓州射洪（今属四川）人。曾任右拾遗，后人因称“陈拾遗”。陈子昂出身豪族，少任侠，成年后始发愤攻读。武后光宅元年（公元 684 年）登进士第，因上《大周受命颂》而受武后赏识。初任麟台正字，后迁右拾遗。而后从武攸宜东征契丹，要求分兵万人为前驱，为武攸宜所恶，受到降职处分。后辞官回乡。武三思指示县令段简陷害他，下狱，忧愤而死。陈子昂主张改革六朝以来纤弱靡丽的诗风，提倡“汉魏风骨”是唐代诗文革新运动的先驱。《全唐诗》收诗二卷。有《陈伯玉集》。

登幽州台歌①

前不见古人，后不见来者。
念天地之悠悠，独怆然而涕下。

【注释】

①幽州台：战国时燕昭王为招纳天下贤才而筑的高台。

【诗解】

礼贤下士的古人已经远去，从善如流、能够继承前人美德的贤者却还茫然不见。诗人仰观无垠宇宙，俯思悠悠人生，倍感孤独落寞，不由得怆然涕下。

张九龄

张九龄（公元673～740年），字子寿，一名博物，韶州曲江（今广东韶关）人。以进士为右拾遗，官至中书令。他是玄宗时期最后一位贤相，以正直著称，曾劾安禄山狼子野心，玄宗却说他“误害忠良”，后为“口蜜腹剑”的李林甫排挤出朝。他的诗情致深远，醇厚刚劲，尽洗六朝铅华，对王维、孟浩然的诗风很有影响。

感遇

其一

兰叶春葳蕤[1]，桂华秋皎洁。欣欣此生意，自尔为佳节[2]。

谁知林栖者[3]，闻风坐相悦。草木有本心[4]，何求美人折？

【注释】

①葳（wēi）蕤（ruí）：枝叶茂盛披离的样子。②自尔：自然而然的。③林栖者：林中隐者。④本心：天性。

【诗解】

春天是兰草繁茂的季节，秋天是桂花芬芳的时候，兰桂都是这样欣欣向荣，自然是各自的生机勃勃和清新雅洁象征了春秋佳节。何料林中隐者，闻到了兰桂的芬芳而生爱慕之情，殊不知兰桂的美好完全是源自它们的本心本性，哪里是在为求人折赏呢？此诗是张九龄受谗遭贬后所作《感遇》组诗十二首的第一首，诗人自比兰桂，抒发了孤芳自赏、不求人知的情怀。

其七

江南有丹橘，经冬犹绿林。岂伊地气暖[1]，自有岁寒心。可以荐嘉客，奈何阻重深。运命唯所遇，循环不可寻[2]。徒言树桃李，此木岂无阴[3]？

【注释】

①岂伊：难道是。②“运命”二句：意思是运命的好坏只在于遭遇的不同，周而复始、变化莫测的自然之理，让人无法探究。③阴：同“荫”。

【诗解】

江南生长着丹橘，它经历严冬却能葱翠依然，这并非是因为那里的气候温暖，而是橘树本身具有耐寒的禀性。丹橘佳美，可以用来招待嘉宾，无奈有重重阻隔，山高水深。在这个命运只在机遇、事理难以穷究的纷乱尘世里，世人只知道倾心于桃李的浮华艳媚，难道丹橘不是更有葱郁不凋的树荫吗？诗人以丹橘自比，委婉含蓄地表达了对自己因为正直而遭贬逐的悲愤之情，期待朝廷重新起用的心意也是灼然可见。末尾“徒言树桃李，此木岂无阴”的反诘，深沉凝重，矛头直指玄宗后期信用奸人、排斥贤良的用人政策。

王之涣

王之涣（公元 688 ~ 742 年），字季凌，并州（今山西太原）人。他常与高适、王昌龄等相唱和，以善于描写边塞风光著称。其诗多被当时乐工制曲歌唱，名动一时。代表作有《登鹳雀楼》、《凉州词》等。

登鹳雀楼[①]

白日依山尽，黄河入海流。
欲穷千里目，更上一层楼。

【注释】

①鹳雀楼：在现山西永济。楼有三层，面对中条山，下临黄河。常有鹳雀停留其上，因称鹳雀楼。

【诗解】

首联写登鹳雀楼所见景色：苍茫白日依山而尽，滚滚黄河奔流入海。这北国河山的磅礴气势和壮丽景象使作者胸襟大开，他继而联想到，如果要望到更远的地方，就须更上层楼。此诗虽然写的是登临所感，却蕴含着对于人生哲理的感悟，体现着积极向上的进取精神。

凉州词

黄河远上白云间，一片孤城万仞山。
羌笛何须怨杨柳[①]，春风不度玉门关。

【注释】

①杨柳：指乐府横吹曲《折杨柳》。

【诗解】

前二句尺幅万里，极写塞外山河气势，将群山之苍茫迥拔，黄河之绵长逶迤，由东至西，由低至高，逆笔绘出，其间更加孤城一座，俯视四野，雄浑苍凉之气浮于纸面。后二句借埋怨呜咽羌笛无须再奏凄怆《杨柳》，陈述千载难解玉关之情，尽寓世世征人悲苦，代代胡汉恩怨，读罢让人悱恻伤怀。

孟浩然

孟浩然（公元689～740年），襄州襄阳（今湖北襄阳）人。早年隐居家乡鹿门山，以诗自娱。四十岁入长安求仕，无成，失意而归。开元二十五年（公元737年），张九龄镇荆州，辟为从事。开元二十八年（公元740年），王昌龄游襄阳，二人相得甚欢。孟浩然因饮食不当引发旧疾而卒。孟浩然是唐代第一个大量写作山水田园诗的作家，尤工五律，诗风恬淡，意境清远，世人将他与王维并提，称“王孟”。有《孟浩然集》。

夜归鹿门山歌

山寺钟鸣昼已昏，鱼梁渡头争渡喧①。人随沙岸向江村，余亦乘舟归鹿门。鹿门月照开烟树，忽到庞公栖隐处。岩扉松径长寂寥，唯有幽人自来去②。

【注释】

①鱼梁：《水经注·沔水注》：“沔水中有鱼梁洲，庞德公所

居。”在襄阳，离鹿门很近。②幽人：隐居之人，此指作者自己。

【诗解】

山寺传来黄昏报时的钟响，渔梁渡头上，一派人们争渡回家的喧闹景象。船儿向前行走，看着村民们顺着沙岸回归江村，诗人却是离家去鹿门，两样心情，两种归途。

走在鹿门山路上，笼着烟雾的山树在月光的映照下朦胧而美妙，诗人在陶醉中漫步，忽而发觉不经意间已然来到了庞德公的旧居，但见山门寂寥，松径犹存。他不禁怀古思今，在清静中走来走去，体味到真实的自我。

临洞庭上张丞相

八月湖水平①，涵虚混太清②。气蒸云梦泽③，波撼岳阳城。

欲济无舟楫④，端居耻圣明⑤。坐观垂钓者，徒有羡鱼情⑥。

【注释】

①湖水平：湖水涨得饱满。②涵虚：水气浩渺的样子。太清：天空。③云梦泽：古大泽名，包括今湖南湖北两省的部分。④济：渡。舟楫：

船只。⑤端居：闲居。耻圣明：有愧于此圣朝明世。⑥“坐观”两句：这两句是作者将“临渊慕鱼，不如退而结网”的古语另翻新意。

【诗解】

前两联写秋天的洞庭湖：八月的洞庭湖水涨得与岸齐平，它烟波浩渺，远远望去，水光天色难以分清。它的水气蒸腾，滋养哺育了广大的云梦泽，波浪澎湃鼓荡，撼动了坐落在湖边的岳阳城。

后两联向张丞相委婉抒发胸臆：我想渡过湖去，却苦于找不到舟楫；空守安闲，又感到有愧于圣明的朝代。我坐在一边观看专心致志的渔翁，心中徒然有跟随他临水垂钓的心情。

岁暮归南山

北阙休上书①，南山归敝庐②。不才明主弃，多病故人疏③。

白发催年老，青阳逼岁除④。永怀愁不寐⑤，松月夜窗虚。

【注释】

①北阙：指朝廷奏事处。②敝庐：破旧的居所。③故人疏：老朋友因之而疏远。④青阳：春天。⑤永怀：郁于胸怀而不去。

【诗解】

仕途失意以后，孟浩然只好重新归隐南山。他在诗文中心情沉重地说："我的才学不够，所以受到圣明君主的弃置；因为身体多有疾病，亲朋好友也都渐渐地和我疏远了。"头上有了白发，就更觉得年老的速度在加快；春天回归人间的时候，就意味着这一年即将走到终点。老大无成的诗人用"催"和"逼"形容时光的流逝，足见他心中的不甘和无奈。愁绪满怀，诗人夜不能寐，窗间松影月光虚迷一片，衬托着他惆怅落寞的心情。

过故人庄

故人具鸡黍[①]，邀我至田家。绿树村边合[②]，青山郭外斜。

开轩面场圃[③]，把酒话桑麻。待到重阳日[④]，还来就菊花[⑤]。

【注释】

①具：准备。鸡黍：农家丰盛的饭菜。黍（shǔ）：黄米饭。②合：环绕。③轩：窗户。场圃：打谷场和菜圃。④重阳日：阴历九月初九重阳节，古人有登高饮菊花酒的习俗。⑤就：赴。

【诗解】

老友备下农家菜肴，邀请浩然前去一聚，浩然欣然而往。到得乡间，但见绿树环抱着村庄，青山在远处映衬；宾主落座后打开窗户，窗外正对谷场菜园，他们于是把酒闲话农事。惬意的拜访，友人的深厚情谊，作者岂能不生再次前来之意？他在告辞时留言说："等到重阳佳节时，我还要前来做客，与你共赏美丽的菊花。"

留别王维

寂寂竟何待，朝朝空自归。欲寻芳草去①，惜与故人违②。

当路谁相假③，知音世所稀。只应守寂寞，还掩故园扉④。

【注释】

①寻芳草：指寻找隐居的去处。②违：分离。③当路：当权者。假：提携，帮助。④扉：门。

【诗解】

求仕不得，孟浩然也不愿再在京城长安滞留，他满怀失意地悄然离去，并将这首诗留给挚友王维，作为此行的一个说明。诗中说：寂静落寞中，我也不知道自己究竟在等待什么，但是每一天都拖着失望的步子独自而回。我想要追寻芳草的清香远远离开，但又对你这位老朋友依依不舍。当权者没人对我伸出援手，世上的知音本来就少之又少啊。我想我只应当甘守寂寞，就此归去，从新掩起故园的柴门。

诗文言浅意深，满含辛酸，颇能引起求仕失意者的共鸣。

宿建德江

移舟泊烟渚，日暮客愁新。
野旷天低树，江清月近人。

【诗解】

日暮时分，诗人移船至烟雾蒙蒙的小洲边停泊下来，苍茫的暮色，让作客异乡的他心头又增添了些许新愁。向江边望去，原野平旷，天幕从远方树木的梢顶低斜下去；不知不觉中，新月升起，清清的江面上倒映的月影，显得和人是那样地亲近……

全诗寓情于景，泊舟所见反映出的是愁客独特的内心感受。

春　晓

春眠不觉晓，处处闻啼鸟。
夜来风雨声，花落知多少。

【诗解】

世间最美莫过于春天的梦，睡意酣香而天已破晓，此时鸟儿的叫声从各处美景胜境中传来，诗人爱春之意自生。忽然想到一夜春风春雨，更见落英缤纷，不知昨夜繁花又飘落多少，进而惜春之情转深。诗中蕴含着珍惜人生春晓，不愿让美好事物过早逝去的感想，永远引起人们心底的共鸣。

王昌龄

王昌龄（公元690？～756年），字少伯，京兆长安（今陕西西安）人。开元进士，授秘书省校书郎。曾被贬为江宁（今江苏南京）丞、龙标（今湖南黔阳）尉，后人因称“王江宁”、“王龙标”。安史乱起，避乱江淮一带，触忤刺史闾丘晓，为晓所杀。尤善七绝，多写边塞哀愁和闺中幽怨，被称为“七绝圣手”。明王世贞论盛唐七绝，认为只有王昌龄可以与李白争胜，列为“神品”。《全唐诗》存诗四卷。有《王昌龄集》。

塞上曲

蝉鸣空桑林①，八月萧关道②。出塞入塞寒，处处黄芦草。从来幽并客③，皆共尘沙老。莫学游侠儿④，矜夸紫骝好⑤。

【注释】

①空桑林：叶子已然枯落的桑树林。②萧关：古时关中与塞北的交通要冲，在今宁夏固原东南。③幽并：幽州和并州，唐时皆属于边防之地。④游侠儿：指恃勇逞强、意气用事、常常惹是

生非的人。⑤矜夸：骄傲自夸。紫骝（liú）：泛指骏马。

【诗解】

阴历八月的边塞风物，桑林凋落，秋风鸣蝉；萧关道上征人远戍，大漠荒寒，处处枯草。来自幽州和并州的边关将士都在边塞沙场上度过一生，诗人劝告青年人，莫学那些整日矜夸紫骝宝马如何名贵的游侠儿，空自夸耀却不能为国出力御敌。全诗现出了一种积极的人生观和价值观。

塞下曲

饮马度秋水[①]，水寒风似刀。平沙日未没，黯黯见临洮[②]。昔日长城战，咸言意气高[③]。黄尘足今古，白骨乱蓬蒿[④]。

【注释】

①饮（yìn）马：给马喝水。②临洮（táo）：今甘肃岷县一带，是长城的起点。③咸：都。④蓬蒿：泛指野草。

【诗解】

饮过了马儿，然后横渡秋水，但觉河水冰冷，秋风如刀。放眼远望，无垠瀚漠中隐约能看到落日余光下昏暗的边城临洮。临洮自古便是胡汉交战之地，距此不远的开元二年（公元714年），唐军还在这里打败了吐蕃军队。提起那一仗，人们总是说唐军的士气是如何如何之高，但从古至今，这里都是黄沙弥漫，白骨散乱在野草丛中。

芙蓉楼送辛渐[1]

寒雨连江夜入吴，平明送客楚山孤[2]。

洛阳亲友如相问，一片冰心在玉壶。

【注释】

①芙蓉楼：旧址在今江苏镇江市。辛渐：王昌龄的朋友。②平明：清晨。

【诗解】

漫江夜雨过后，诗人于清晨在芙蓉楼与朋友话别，望楚山孤寂，家乡万里，他心中怎能不感慨万千？然而他终于还是没有说出更多的话语，只是托友人给自己远在洛阳的故旧亲朋捎去一句“一片冰心在玉壶”的口信。的确，只这一句就足够了，它寄寓着诗人从不曾改变的情怀与心志，正如那玉壶中的冰凌，形时晶莹，溶时清澈，净洁之质，始终如一。

春宫怨

昨夜风开露井桃，未央前殿月轮高。

平阳歌舞新承宠，帘外春寒赐锦袍。

【诗解】

失宠者在春夜暖风中独自徘徊，悲凉无限；得宠者在料峭春晨收得锦袍之赐，感受主上无限关怀。二者的境遇都以气候衬出，以暖衬冷，以冷衬暖，诗人借此强烈对比，来替历代失宠者抒发心中怨意。

长信怨

奉帚平明金殿开[①]，且将团扇共徘徊。

玉颜不及寒鸦色，犹带昭阳日影来[②]。

【注释】

①奉帚：手持扫帚。②昭阳：赵合德所居之昭阳宫。

【诗解】

本诗中写女主人公手把团扇徘徊，暗示主人公的命运好像团扇一样。末联尤为绝妙，道寒鸦尚能晒到昭阳殿的太阳，而女主人公却不能得到些微恩爱关怀。怨意一出，让人感到悲凉无限。

出 塞

秦时明月汉时关，万里长征人未还。

但使龙城飞将在[①]，不教胡马度阴山。

【注释】

①但使：只要。龙城：在今河北省喜峰口一带，为汉代右北平

郡所在地。汉武帝曾用李广为右北平太守。匈奴闻之，数年不敢来犯。龙城飞将：指西汉名将李广，匈奴称之为“汉之飞将军”。

【诗解】

自秦、汉以来的悠远时间，万里塞外的广阔空间，世世代代不断修筑的关城，前仆后继、去而不返的征人，这一切都令诗人不仅是发思古之幽情，而是道出由衷的心愿：热切盼望朝廷能招贤使能，使像飞将军李广一样的良将镇守边关，让胡人退避三舍，不再肆虐猖獗。此诗历来受到诗评家们的高度推崇，被称为唐人七绝的压卷之作。

李　颀

李颀（公元690？～754年），赵郡（今河北）人。开元进士，曾官新乡尉，因久不得调，愤而归隐，直至去世。李颀是盛唐著名诗人，其边塞诗、人物素描诗、音乐诗、咏史怀古诗均有佳作，七言歌行尤具特色。《全唐诗》存诗三卷。有《李颀诗集》。

古　意

男儿事长征①，少小幽燕客②。赌胜马蹄下，由来轻七尺③。杀人莫敢前④，须如猬毛磔⑤。黄云陇底白云飞⑥，未得报恩不得归。辽东小妇年十五，惯弹琵琶解歌舞。今为羌笛出塞声，使我三军泪如雨。

【注释】

①事长征：从军远行。②幽燕：幽州和燕地，指代边塞。③轻七尺：轻性命。④杀人莫敢前：意谓厮杀时勇猛无敌，无人敢上前。⑤猬：刺猬。磔(zhé)：张立。⑥陇：山地。

【诗解】

题为《古意》，标明是一首拟古诗。诗写戍边将士儿郎的铁骨柔肠。这些健儿都是少小离家从军，守卫在若非黄沙散漫即是白雪纷飞的边地，拼杀在刀光剑影、血雨腥风的战场，以决断胜负为人生乐事，都立下誓言要报效君恩，轻忽生死，重于大义。然而一精于歌舞的辽东少妇用羌笛演奏了《出塞》一曲，就让三军将士泪如雨下，原来铮铮硬汉心中也深藏乡愁，只是平日里未被触动罢了。全诗语言顿挫有致，抒情跌宕起伏，可谓情韵并茂。

听董大弹胡笳兼寄语弄房给事

蔡女昔造胡笳声[①]，一弹一十有八拍。胡人落泪沾边草，汉使断肠对归客[②]。古戍苍苍烽火寒[③]，大荒阴沉飞雪白[④]。先拂商弦后角羽[⑤]，四郊秋叶惊摵摵[⑥]。董夫子，通神明，深松窃听来妖精[⑦]。言迟更速皆应手，将往复旋如有情[⑧]。空山百鸟散还合，万里浮云阴且晴[⑨]。嘶酸雏雁失群夜，断绝胡儿恋母声[⑩]。川为静其波，鸟亦罢其鸣。乌珠部落家乡远[⑪]，逻娑沙尘哀怨

生⑫。幽音变调忽飘洒，长风吹林雨堕瓦。迸泉飒飒飞木末⑬，野鹿呦呦走堂下⑭。长安城连东掖垣⑮，凤凰池对青琐门⑯。高才脱略名与利，日夕望君抱琴至⑰。

【注释】

①蔡女：蔡琰（文姬）。传文姬于匈奴时曾作琴曲《胡笳十八拍》，也就是诗中的《胡笳弄》。②汉使：汉朝的使臣。归客：指蔡文姬。汉末，曹操曾遣使将文姬赎归。③古戍：古代的边塞。④大荒：指塞外荒旷之地。⑤商弦、角羽：古以宫、商、角、徵、羽为五音。⑥摵摵（shè）：叶落声。⑦“通神明”两句：是说董大琴艺高妙，能感召神鬼。⑧“言迟”两句：意谓缓奏急弹皆得心应手，手指往复旋按之间已奏出心中款款真情。更：更换。⑨“空山”两句：形容琴声收纵如山中百鸟聚而又散，琴音清浊如浮云万里，且阴且晴。⑩“嘶酸”两句：形容琴声幽怨处如失群小雁的酸涩，又恰如文姬归汉时与幼儿诀别时的凄伤。⑪乌珠：指汉江都王刘建女嫁乌孙国王昆莫一事。⑫逻娑：唐时吐蕃都城（今西藏拉萨）。文成公主曾远嫁吐蕃。⑬迸：喷射。飒飒（sà）：形容水声。木末：树梢。⑭呦呦（yōu）：鹿鸣声。⑮东掖垣（yuán）：指门下省。房琯当时任给事中，属门下省。⑯凤凰池：亦称凤池，因接近皇帝而得名。此指中书省。青锁门：指宫门。⑰“高才”两句：是说房琯不重名利，只是希望每天能听到董大的琴声。

【诗解】

诗首不说董大而说蔡女，对《胡笳弄》的来由和艺术效果作了十分生动的叙述，而后顺势转入对董大用琴演奏《胡笳弄》的描写。从蔡女到董大，相隔数百年，一曲琴音，把二者巧妙地联系起来。感叹了董大高超精妙的演奏技艺，诗人又以秋叶、百鸟、浮云、雏雁、胡儿、河水、沙尘、长风、堕雨、山泉、野鹿所发之声，全方位地摹写董大所奏琴声的美妙动人，表达了对他的赞慕之情。收束几句寄意房给事，含蓄地称赞他志趣高雅、品行高洁，同时也暗示董大遇到知音。

古从军行

白日登山望烽火，黄昏饮马傍交河①。行人刁斗风沙暗②，公主琵琶幽怨多③。野营万里无城郭，雨雪纷纷连大漠。胡雁哀鸣夜夜飞，胡儿眼泪双双落。闻道玉门犹被遮，应将性命逐轻车④。年年战骨埋荒外，空见蒲萄入汉家⑤。

【注释】

①交河：在今新疆吐鲁番西北。②刁斗：古代军中白天来烧饭，晚上用来敲击巡更的铜器。③“公主”句：指汉武帝时将江都王之女远嫁乌孙一事。④“闻道”两句：意谓已然出了玉门关就没有归去的道路，只能追随将领一同出生入死。⑤蒲萄：即葡萄。

【诗解】

在边塞，战士们白天登山守望烽火，黄昏又到交河边上让马儿喝水，那一路的风沙尘日，怕只有和亲的公主和经过那里的行人才有最深最真的体会。

边塞之地，渺无人烟，由军营四望，万里空旷，不见城镇；雨雪来时，纷纷洒洒连接着大漠。这样恶劣的环境，即便是生长在那里的人也常为之愁苦不堪。

威尊命贱，君王一声令下，将军踏上战车，士卒跟随在后，从此远征绝域，不得归路。若问年年战亡者的尸骨埋没在荒草之中到底换到了什么，换来的不过是一串串葡萄献入汉家宫廷。

诗文一句紧似一句，直到最后一句画龙点睛，旨在讽刺帝王好大喜功，穷兵黩武，视人民生命如草芥的行径。

李　白

李白（公元 701 ~ 762 年），字太白，号青莲居士。祖籍陇西成纪（今甘肃秦安），出生于中亚碎叶城（今吉尔吉斯境内，唐属安西都护府）。约五岁时随父迁居绵州昌隆（今四川江油）青莲乡。家境富有，少年学习范围广泛，才能和情趣丰富多样。二十五岁离蜀漫游各地。天宝初供奉翰林，不久即遭谗去职。安史之乱时，入肃宗弟永王璘幕。李璘与肃宗争权事败被杀，李白受牵连而入狱，后被流放夜郎（今贵州桐梓），在途中遇赦东还。晚年投奔其族叔当涂令李阳冰，最后病死在当涂（今属安徽）。有《李太白文集》三十卷行世。

月下独酌

花间一壶酒，独酌无相亲。举杯邀明月，对影成三人。月既不解饮，影徒随我身。暂伴月将影[①]，行乐须及春[②]。我歌月徘徊，我舞影零乱。醒时同交欢，醉后各分散。永结无情游[③]，相期邈云汉[④]。

【注释】

①将：和。②及：趁着。③无情：忘情。④云汉：天河、银河。

【诗解】

花间置酒，春意甚浓；月下独自饮酒，寂寞可知。诗人邀天上明月与地上身影一同行乐歌舞，虽月不能解醉中之乐，身影也只能随身而动，然而当此良辰美景，有月与影相陪伴，也可以一抒心中幽情，不辜负这大好的春光。待到诗人酩酊大醉，将与月、影相别之际，他与它们深情相约：“但愿永作此忘情交游，约定相会于邈远的天河。”全诗笔致豪放，情思潇洒，但终是掩不住诗人内心的孤独与苦闷。

关山月

明月出天山[①]，苍茫云海间。长风几万里，吹度玉门关[②]。汉下白登道[③]，胡窥青海湾[④]。由来征战地[⑤]，不见有人还。戍客望边邑[⑥]，思归多苦颜[⑦]。高楼当此

夜，叹息未应闲。

【注释】

①天山：今甘肃祁连山，古时匈奴称天为祁连，故名天山。②玉门关：在今甘肃敦煌西，相传和田美玉经此传入中原，因此得名，古时为中原通西域的门户。③“汉下”句：指汉高祖刘邦亲率军与匈奴交战，被困白登山七日一事。④胡：指吐蕃。窥：窥伺。青海湾：即青海湖。唐军多与吐蕃交战于此。⑤由来：从来。⑥戍客：戍边的官兵。⑦苦颜：愁容。

【诗解】

一轮明月升起在峻伟的天山，出没于苍茫云海之间。浩荡长风掠过几万里，吹度千古玉门雄关。历史上汉高祖用兵白登山征战匈奴，吐蕃觊觎青海河山，这里从古到今都是征战厮杀的地方，几乎看不到有人活着归还。戍边将士眼望着边地的城塞，思念起故乡，愁眉不展。他们家中的妻子在这个夜晚，也一定在闺楼上凭栏远眺，哀叹连连。

子夜吴歌

长安一片月，万户捣衣声[①]。秋风吹不尽，总是玉关情。何日平胡虏[②]，良人罢远征[③]。

【注释】

①捣衣：将缝洗已毕的衣服置于砧板之上，用木棒捶打使之平服。②胡虏：指屡犯西北边境的游牧民族。③良人：指丈夫。

【诗解】

每当秋风吹起，秋月朗照的时候，长安城里就会响起此起彼伏的砧杵之声，那是众多的妻子在为她们远在边关的丈夫准备征衣。那飒飒的秋风，能将树叶吹落，能将云儿吹散，然而它却不能吹断妻子对玉关征人的万里情牵。想必在这样的秋夜里，妻子们一下一下地捶捣着棉衣的时候，都在默思着同一个问题，那就是何日才能荡平胡虏，让丈夫不必再离家远征。

长干行

妾发初覆额①，折花门前剧②。郎骑竹马来，绕床弄青梅③。同居长干里，两小无嫌猜。十四为君妇，羞颜未尝开。低头向暗壁，千唤不一回。十五始展眉④，愿同尘与灰。常存抱柱信⑤，岂上望夫台⑥。十六君远行，瞿塘滟滪堆⑦。五月不可触，猿声天上哀。门前迟行迹⑧，一一生绿苔。苔深不能扫，落叶秋风早。八月蝴蝶黄，双飞西园草。感此伤妾心，坐愁红颜老。早晚下三巴⑨，预将书报家。相迎不道远⑩，直至长风沙⑪。

【注释】

①初覆额：头发刚刚盖住额头。②剧：游戏。③弄青梅：指绕床追逐，投掷青梅嬉戏。④始展眉：意谓情感开始于眉宇间展露出来。⑤抱柱：《庄子·盗跖》载：尾生曾与一女子约会于桥下，女子不来，潮水至而尾生却不离开，抱梁柱溺死。此处喻坚贞。⑥岂上望夫台：意谓何曾想到要到望夫台去期盼丈夫的归来。⑦瞿塘：即瞿塘峡，长江三峡之一，位于四川奉节东。滟（yàn）滪（yù）堆：瞿塘峡入口处的大礁石。每逢水涨，滟滪堆便为水所淹没，常有船只触礁而沉。⑧迟行迹：指丈夫离家时在门口留下的足迹。⑨早晚：何时。 三巴：指巴郡、巴东、巴西，均在今四川东部。⑩不道远：不说远，不辞劳苦。⑪长风沙：地名，距金陵七百里。

【诗解】

从青梅竹马到如愿以偿地嫁给他，从初为君妇的羞涩到愿与他风雨相伴的执着，然后是因他外出经商而两地分离，之后是无限惦念、翘首苦盼，还有深情寄语：你什么时候回来，即使到七百里以外的长风沙迎接，我也不嫌远！